开学第一课

国家教育部、中央电视台联合推荐
全国中学生梦想美文优秀作品

收集思想的沙粒

《开学第一课》编写组 编

时代文艺出版社

图书在版编目（CIP）数据

收集思想的沙粒 /《开学第一课》编写组编. —2版.
—长春：时代文艺出版社，2016.2（2023.7重印）
（开学第一课. 中学生）

ISBN 978-7-5387-5019-5

Ⅰ. ①收… Ⅱ. ①开… Ⅲ. ①中国文学－当代文学－作品综合集 Ⅳ. ①I217.1

中国版本图书馆CIP数据核字（2015）第286636号

出 品 人　陈　琛
责任编辑　刘瑀婷
助理编辑　史　航
装帧设计　孙　利
排版制作　隋淑凤

收集思想的沙粒

《开学第一课》编写组　编

出版发行 / 时代文艺出版社
地址 / 长春市福祉大路5788号　龙腾国际大厦A座15层　邮编 / 130118
总编办 / 0431-81629751　发行部 / 0431-81629755
官方微博 / weibo.com / tlapress　天猫旗舰店 / sdwycbsgf.tmall.com
印刷 / 北京市一鑫印务有限公司
开本 / 710mm×1000mm　1 / 16　字数 / 109千字　印张 / 12
版次 / 2016年2月第2版　印次 / 2023年7月第3次印刷 定价 / 36.00元

图书如有印装错误　请寄回印厂调换

《开学第一课》编委会

编委会主任：韩　青　许文广

主　编：许文广

副主编：卢小波

编　委：张雪梅　骆幼伟　张　燕　吴继红
　　　　陈　琛　娜仁琪琪格　苗欣宇

《开学第一课》的价值

有人问我，《开学第一课》的价值在什么地方？我认为最重要的就是全社会希望并通过我们传递出来的价值观。多元是时代进步的标志，我们尊重不同的声音和价值理念，但是作为教育部和中央电视台联手举办的这项公益活动，我们要传递的是主流的、与时俱进又符合中华文明传统的价值观。

在2008年，我们通过《开学第一课》传递了抗震精神和奥运精神；2009年正值新中国60周年华诞，我们在象征着民族精神的长城，为孩子们播撒下爱的种子；2010年，我们告诉孩子们，一个拥有梦想的民族，一个不断仰望星空的民族，就是拥有未来的民族，人生的每一个阶段都需要梦想的指引、坚持和探索，而每个人的梦想汇集起来就可能成为国家的梦想、民族的梦想。

举办《开学第一课》三年来，我个人也有一个梦想，我梦想这项目光远大、朝气蓬勃的公益活动能够坚持举办10年，让它给这一代孩子的成长提供正面的、积极向上的力量，这就是《开学第一课》的意义所在。

我希望全社会的力量汇集起来，给孩子们一种价值观的教育，中央电视台愿意承担使命，联同教育部把这项公益活动做好。我们也欢迎全社会各界积极参与、支持，从出版、纸媒、网络、志愿行动、慈善事业等各个方面，加入到这个追逐共同梦想、打造恒久价值的公益活动中来。

由此，我亦十分高兴地看到《开学第一课》系列丛书的出版，我相信时代文艺出版社正是基于我们共同的理想，以出版的力量为孩子们的未来创造了更丰富的阅读食粮，为《开学第一课》的精神理念提供了更多样的传递方式。

中央电视台 许文广

CONTENTS

第一部分　淡绿的风裹着野草的气息

第二部分　爱在身体里涌动

第三部分　梦想是一粒呼吸的种子

第六部分　望着繁茂的枝叶

第一部分

淡绿的风裹着野草的气息

　　总有这样一幅图画：依旧沿着铁轨安静地走着，缓慢地追逐那一列满载笑靥和感伤的列车，然后遥想，时间倒流，看看那些深深印拓下的脚印。抬起头，让淡绿的风裹着野草的气息，扬起长长的刘海。终于回过头，抖着风衣继续行走。是这样的少年，并不俊朗而柔弱，背后一片灿烂的夕阳匆匆掠过飞鸟，他低头，细细地数着每一颗石子。

　　——谢洋《一个人的行走，一个人的青春》

一个人的行走，一个人的青春

谢 洋

（一）

　　"篮球！"梓瑜把长长的刘海甩向一边，薄薄的几乎遮住了眼睛。旁边的阿K差点将满嘴的冰红茶喷了出来，"你？就你这个书呆也玩球？"事实上，他刚刚问了梓瑜一个很无聊的问题："你最喜欢什么东西？""是的。"梓瑜随意地躺在台阶上，午后的阳光慵懒地打在他身上，并不刺眼。"为什么？"阿K又灌了一口，"没有原因"，然后站起身，拍拍身上的灰尘，然后耐心地整理好自己的帆布鞋，给阿K留下一个颇令人寻味的背影。

　　梓瑜喜欢回忆，喜欢把脑子里已经泛黄的画面打理得光鲜如初。他总会记得那个留着学生头，戴着红领巾，身高不到150厘米的小孩，总是静静地看着天，静静地写字，静静地思考。会微笑着跟每个人问好，习惯性地向老师行一个标准的队礼。然后，再看看自己，已经丝毫找不到稚气，一脸怅然。

很多人说："梓瑜，你是个奇怪的人。"他微微地笑，然后低下头做题。

（二）

小学的时候，体育课是梓瑜最喜欢的课程。他可以一个人躲在学校大楼的天台上发呆。风会温柔地吹，他的头顶是淡淡的天空。他也经常因此误了下一节课，于是索性再跑一趟六楼，把一杯奶茶带上去，捧在手心。等到它失去了温度，再均匀地在自己周围倒成一个圆圈。嗅着奶茶的浓香，继续在自己思维编织的世界中行走。

没有人明白，为什么一个瘦小单薄的男孩那么喜欢发呆。

阿K小学就和梓瑜同班，他上课上到无趣时会找个很拙劣的借口，溜到天台找梓瑜聊天，不过到最后阿K总是大口大口地喝着冰红茶，然后无比郁闷地看梓瑜在发呆，一脸不爽。远远听见下课铃时，他走上前递给梓瑜一瓶冰红茶，然后回到班里。阿K问过梓瑜，为什么总是倒掉奶茶，梓瑜淡然地看着身边的一圈痕迹说："我想要奶茶的温度，却不喜欢它咽入喉咙时的滑腻感受。捧着它，我觉得自己仿佛可以把温暖永久地握住。"

接下来的几天是紧张的备考，作为6年级的学生无一不在做最后的努力。而某小学的某个班则空了两个座位：梓瑜、阿K。

不过几天后的升学考试却令人吃惊——全市最好的初中，第一名，梓瑜。

这下子，原本对梓瑜总是板着脸的班主任接连往他家打了三通电话，回应她的，只是冗长的"嘟，嘟，嘟……"

这时候，梓瑜仍在学校天台上跟阿K晒太阳，"为什么不参加考试？"梓瑜问。"读书很无聊，考试更无聊""你这家伙……"阿K第一次从梓瑜的眼睛里看到了第二种情绪——做了六年的同学，以前从梓瑜的眼睛透出的，只是淡然。"留念吗？"阿K问。"什么时候，我可以再看到这片天空，还有奶茶残留的气息"梓瑜的表情很是奇特。

学校让梓瑜在毕业典礼上做学习经验报告，他仍带着微笑，拒绝了，留下老师们的一脸错愕。这时梓瑜回想起那些时刻：阿K在吧台上酗酒时，自己正压抑在不见苍穹的草稿纸中；阿K在大屏幕前打CS时，自己正咬着笔帽纠缠着数学题；阿K的劣质情书写得不亦乐乎时，自己的书桌上摆着一本淡蓝色封面的《看不见的城市》。

毕业典礼时，梓瑜坐在饮品店里喝水，他可以想象出偌大的礼堂里有多少个空虚的面孔听着礼台上冗长的讲话。梓瑜有些疲惫但仍带有笑容，他知道，有一个暑假可以让他好好地休息，然后走向青春。

很幸运地，阿K与梓瑜分在了同一个班。

梓瑜刚刚踏进班门，并没有人对这个消瘦单薄的短发男生给予多少注意，仿佛他不曾存在似的，也无法跟他那耀眼的成绩联系在一起。

梓瑜则是一如既往地淡然，较之从前，更少了一点在学校天台发呆的张扬。他曾经说过，要给自己一个安静的青春，安静地成长。

唯一不同的是，他用平静的语调告诉阿K："我要留长发了。"阿K像火星人一样地看着他，"为什么？"他说："一定要有原因吗？我喜欢长长的，不齐整的刘海不行吗？"

梓瑜果然照他说的做了，一个学期加一个假期后，阿K看到的，是一双微掩在薄薄刘海下的忧郁眼神。

但打破他平静如水的生活的是篮球。那天是在阿K家，他正看着NBA，梓瑜在旁边看书。结果被他吵得没法看了，只好跟他一起把眼光转向电视屏幕。

"那是谁？"梓瑜问。一个穿着24号，紫色和黄色交织的球衣的球员一个转身跳投，球空心入筐，有种很飘逸的感觉。"他啊，叫科比·布莱恩特。"

梓瑜第一次把一个名字在心底里念了这么久。回家后上网搜索了许多关于他的资料。于是，一个优秀球员在梓瑜脑海中渐渐由轮廓变得血肉丰满。能力出众，但喜欢独处且不服输。梓瑜也看到了他夺下扣篮王的神勇，连续4场五+的不可思议，化身为神单场砍下81分，以及曾经湖人王朝的辉煌。

梓瑜用了整整3天的时间充实了自己的篮球知识，也不经意间恋上了这项运动，也就出现了最初的一幕。

上体育课时，梓瑜第一次去和人争抢篮板练投篮，他才真正明白打球是多么愉快。而阿K却不太爱打球，他更乐意倚靠在篮球架上喝冰红茶。梓瑜这么描述自己对篮球的感觉：身体的冲撞带来的火热感受是从前无法体会的，喜欢安静却莫名地钟情于运动，清脆的运球声和篮球入筐的声音令人无比愉悦。阿K则一头雾水地点点头，说："渴了吧，喝口水。"

梓瑜似乎从来没有对一样东西如此着迷，他把握着一切机会跟人谈论着科比、麦迪、艾弗森等等。入学这么久以来，人们对梓瑜的印象只是一个安静做题、神情淡然的男孩而已，甚至连相貌都记得不甚清晰。何以会神采飞扬，如数家珍地跟人说起这么多传奇巨星呢。

（四）

梓瑜受伤了。

用阿K的话说"不知道发了什么神经"，居然去跟每天放学后，在操场打球的那群人挑了一场。结果不单收获了惨败，别人轻蔑的眼神，还在抢球时拉伤了右臂，导致第二天请假没去考试。阿K照例旷课到梓瑜家看他，而梓瑜的脸上第一次出现了愤怒的神情。"为什么，为什么篮球只能是所谓强者的运动？"阿K没有回答，但从梓瑜眼神中看出了失望。

伤好了之后，梓瑜进行了很长一段时间的力量训练，阿K也惊异于他的变化。而且在前些日子一次掰手腕中也输给了梓瑜，这让阿K欣喜："虽然你的样子看起来还是消瘦的，但我相信你已经跟以前不同了。"梓瑜没有说话，回到屋里继续练哑铃。

当梓瑜跳起来可以摸到篮筐了，阿K对他说："凭着这种身体素质，不会再有人小看你。"梓瑜说："我不打球了。"阿K愣了好一会儿："你这么努力不就是为了能打好球吗？"梓瑜说："我一直以为，我打不好球是身体的缘故。但在之后我才觉得，我喜欢篮球只是暂时地厌倦平静的生活，通过这项火热的运动为青春添上一笔耀眼的红而已。在健身的过程中，我发泄了许多，也终于明白，所有的梦想都是安静地走过青春的冲动，然后起飞。篮球的梦想，只是其中最清澈的而已。"

梓瑜终于又变回了从前的那个自己，偶尔从篮球架前走过，也会面带微笑，轻轻说声"好球"。而自己的成绩，也慢慢地稳定下来，并不张扬。

一切都好似初见，在别人的眼中，只不过如同一颗小小的石子扔进湖水中，荡起一点点涟漪又马上恢复平静。

这是一个寒冷的假期，对于梓瑜来说也是一个不可多得的休息的机会。他有一次回到了小学时总是仰望的那方天空，只是那个天台已经整修过一次，不过天空仍旧湛蓝，清澈。梓瑜满脸的怅然，他说，难道生活也是如此，远远守望，只是不变的仅有天空而已。当有一天，连梦想这种东西都可以改变的时候，又有什么东西可以恒久不变呢？

总有这样一幅图画：依旧沿着铁轨安静地走着，缓慢地追逐那一列满载笑靥和感伤的列车，然后遥想，时间倒流，看看那些深深印拓下的脚印。抬起头，让淡绿的风裹着野草的气息，扬起长长的刘海。终于回过头，抖着风衣继续行走。是这样的少年，并不俊朗而柔弱，背后一片灿烂的夕阳匆匆掠过飞鸟，他低头，细细地数着每一颗石子。

梓瑜曾经说过，"蓦地，我发现岁月的列车已经快驶进了站台，它将休息一下，带着满载的笑靥和伤感继续未完的旅程。"

那天，阿K到梓瑜家借本书，解下了他崭新的天蓝色围巾后，梓瑜拿出了一个密封的瓶子说："看，这是我从盛夏时收集的一瓶阳光，可以给我们一点温暖。"老K惊讶地摸摸他的额头，梓瑜没有理睬这个缺少想象细胞的家伙。梓瑜认真地说："我的青春已经走过了四分之一。"阿K说："我没有那么多的想法，不过我应该努力了，毕竟初三已经离我不远了。"梓瑜叹了口气："这些时刻，一直很安静。"

让心化作一把伞

大爱无言

放学的时候，雨已经在下了。

空中的墨云，感觉马上就要掉了下来。偶尔能听到雷声从天边慢悠悠地滚过来。老师的话真灵啊！已经大亮的天，说暗就暗了。豆大的雨点砸着教学楼前的水泥地，就像砖头瓦块掉下来，溅起的寒意，直刺王小红的脊梁。不能再等了！老师说了，上午有特大暴雨。这不，早自习一下，学校就让学生紧急放了学。王小红盯着学校大门口，寻找着什么，除了塞满学校门口的学生，她什么也没看见。

风卷着雨点，扑到了王小红的脚前。大雨马上就要来了，再等，就回不去了。看着一个个家长打着伞，挽着孩子匆匆地从身边走过，她心里就泛起一阵阵莫名的醋意。为什么来接孩子的偏偏没自己的父母呢？哪怕不能来，捎把伞也好啊。急促的雨点斜织在王小红的眼前，催着她没时间想别的了，但她多么希望看到这样一幕：爸爸或者妈妈，最好是他们俩一起，突然出现在面前，"小红，给你伞！"可是，这一幕始终只浮现在她的脑海里。而此时，走廊上只有稀稀疏疏的几个学生了。管他呢？你们不疼我，我不能不回去呀？不就二十几里路吗？又不会死人！她一跺脚，冲进了雨帘。雨变着姿态，一波赶着一波，泼到了地上，也泼到了王小红的身上。

路上尽是些归家的学生，王小红是最独特的雨景。她以冲刺般的速度穿行在雨具之间，在同学们惊异的目送下，三步两下又把雨具摔在了后面。当她一口气冲到回家的岔路口时，王小红感觉衣服沉甸甸的，压得快喘不过气来了。走大路，还是走小路？她站在"丫"字形路口犹豫了起来。小路虽然近好几里，却不好走，而且读初中两年，这条路一次还没走过。大路就不同，那简直太熟悉了，爸爸每次接送自己都走这里，现在闭着眼也能摸到家。王小红一见大路就有种亲切感，因为路上留下了太多的欢笑。可是今天就不同了，看到延伸到家的大路，她心里就不是滋味。谁说"可怜天下父母心"？这么可恶的天气，他们怎么不可怜可怜我？我不就是个丫头吗？爷爷奶奶嫌弃我，我不怪他们，可爸妈嘴上说我和哥哥"手心手背都是肉"，为什么连把伞都不送？我看哥哥是手心吧？风雨撕扯着她的身体，更绞碎着她的心。

一声炸雷从云缝里蹦了出来，拖着长长的尾巴滚过来又滑过去，最后消失在倾盆大雨中。她下意识地抬起头，还没看清天上有些什么，几个雨点就塞进了眼睛，又酸又胀又痛，让她有种流泪的感觉。风也赶着趟儿呜呜地扑过来，她不仅连打了几个寒噤，还打了个喷嚏。看看越来越密的雨幕，王小红的心越缩越紧，她觉得自己已经别无选择了，要是还有的话，唯一的选择就是有一把漂亮的雨伞！牙一咬，她迈向了小路。看我回来跟你们算账！走了一截，王小红又不自觉地瞟了一眼大路。雨越来越大，那边大路上模糊着往家里赶的学生。他们举着花花绿绿的伞，三五成群的，陆陆续续的，组成了一条长长的伞队，蠕行在大路上，是那么悠闲、幸福，唯独自己踽踽独行在羊肠小道上，显得那么的无助。她嫉妒地收回视线。路越来越滑，几乎一步一个趔趄，她索性把鞋子拎在手里，鞋子里灌满了泥浆，另一只手里的书包似乎也进了水。赤脚踩在泥水里，似乎平稳了许多，她加快了脚步。雨点像串线的珠子，接连不断地往下滚，风绞着雨帘拍打着孤独的人……

也不知自己是怎么到家的，浑身湿漉漉的王小红似乎有了些温暖，不由得长长地舒了口气。走近门口一看，再熟悉不过的大锁冷冷地挡在面前。她气不打一处来，狠命地踢了大门几脚，脚已麻木，她感觉不到痛了。此时，她多么希望门突然打开，家人心疼地把她拉进屋里，可是铁锁连着的门一动不动。小红有些不甘心，想等待惊喜，也许是一秒钟，也许是一分钟，里边真没什么反应，她忍不住又踹了几下门，大声吼了起来："我叫你们锁，我叫你们锁！你们不管我，我还顾什么？"泪水掺着雨水从她脸上滚落下来，她哀叹着自己，要是哥哥遇到这样的鬼天气，爸爸妈妈早去接他了，爷爷奶奶早把火生得好好的，等着他回来烤呢。她觉得自己就是那个卖火柴的小女孩，这个家哪里还是她的天堂？她发泄似的哭声，淹没在了茫茫的雨墙中。她想看看天，看天堂有些什么东西，讨厌的雨墙却挡住了她的视线，也彻底分隔了她和她的家人。

也不知是踢门声还是自己的吼叫声，惊动了邻居李奶奶。"哎呀，红娃子回来了！"小红一看到李奶奶，更加伤心了："奶奶，他们呢？""怎么？没碰到？他们说给你送东西了呀。""哼！他们会管我？笑话！"见王小红的衣服全湿透了，李奶奶急切地说："孩子，先到我家烤烤火。你爸爸妈妈一会儿就回来了。"在温暖的火堆旁，王小红忍不住问："奶奶，我爸爸妈妈真去学校了？""那还有假？我一大早就看见你爸发响了摩托，你妈说变天了，去给你送衣服呢。"

呛人的烟气灌满了小屋，温暖也充满了小屋。火苗探头探脑往上蹿，小红忍不住把手伸过去……李奶奶烤着小红的棉袄，小红烤着自己的书，火苗中间还裹着几个红薯。

风呜呜地卷来卷去，雨也越来越有劲。王小红的思绪被这可恶的风雨纠缠着，如同一张干净的纸，被涂抹上了鲜亮的色彩，然后撕碎了，又拼起来，拼起来又撕得更碎。

一声炸雷，王小红一个激灵，差点站了起来。李奶奶忙问："孩子，你怎么了？"小红应着："没什么。"可她的心，却已飞出了这温暖的小屋，化作了一把伞，撑在家与学校的路上。

随风远去的旧时光

黄依江

（一）

中午下雷阵雨，我开着空调在家里看电视。轰隆隆一阵巨响，家里跳闸了。

客厅一下子变得昏暗。伴着窗外哗啦啦的雨声，就突然没理由地，想起了一个人。

罗一帆。

细细数来，我们已经一年多没有讲话了。

从无话不谈，变成冷眼相对，直到后来的形同陌路。

就仿佛一杯白开水，滚烫的，渐渐没有了温度。

昨日秦校长为考取了北大的女儿办答谢宴，教师子女基本全到了场，我和一帆也不例外。我知道，他就坐在我身后。然而我却不敢回头，我知道即使回头，他仍会像对待一个陌生人一样对我，甚至不看我。后来又断断续续地听到他们桌的老师在说些什么，好像是我和一帆在小学里的事儿吧。我偷偷撇过头看一帆，希望他能回头和我说些什么，哪怕只是笑一下也好。没想到他一点反应也没有，只是一心一意喝着碗里的粥。

那一刻，不知为什么，我的心，一下子就凉了。

也许，他也在等着我先和他说话，是不是只要我一开口，我们又可以像以前一样无话不谈了呢？可是终究我们谁都放不下这个面子，谁也不愿开这个口。我一次又一次哀怨地望着他，像望着一块怎么也搬不开的石头。

自打我从娘胎里出来，就和罗一帆家是邻居。他就住在我们家楼下。我们一起住在教师公寓的大院里。他爸爸是英语老师，我爸爸是美术老师。

很小的时候我们就一起玩，是无话不谈的好朋友。那可是真真正正的朋友啊。如果我说要看看树根是什么样子，他一定会用尽吃奶的力气挖个三天三夜把院儿里的老银杏挖个底儿朝天；如果他说他今晚不想睡觉，我也会傻乎乎地陪他坐在院子里看月亮直到半夜。

这就是"青梅竹马"最好的诠释。

可是，我们的关系并没有像想象中那么细水长流下去，像一根风筝线，放得越来越远，最后终于绷断了。

上初中的时候，我13岁，一帆亦是13岁。

因为竞争太激烈，而且我们的成绩都不稳定，所以当别的教师还在帮自己的子女争这个名额那个名额时，一帆爸妈和我爸妈决定帮我们俩报了区外一所很好的初中。

在一所学校，只是不在一个班了。

寄宿的日子平淡如水。学校不大，我还是常常能在学校里遇到他，我们会很友好地互相笑一下，有时停下脚步和他聊一会儿。

一帆经常往我们教室跑，问我借跳绳，借书。他来多了，我们班的同学就开始说三道四了。

"依依，那男生是谁啊？"有朋友好奇地问。

"老同学啊。"

"噢。"

一个意味深长的"噢"，我听了不舒服起来，像全身爬满了虫子。

我一直想找个机会，跟一帆说一下这件事。

那天课间，他又来了。

在同学们的目送下，我后脑勺挂满了黑线走出了教室，把一帆推到同学们的视线范围外。

"你又干吗？"我皱着眉，很不友好。

"就问问你，这星期放假你怎么回家？"他咧嘴笑着，露出整齐洁白的牙齿。

"坐公交车。"我硬生生地从牙缝里蹦出4个字。

"真好，那我们一起走吧。"

"不用了，你先走吧。"我平静地看着他。

一束阳光从他的后方斜射过来，笼罩在他身上。

"你是不是有事啊？我可以等你啊。"一帆还是那么高兴。

"不用了。"我有些不耐烦了，"还有，以后别老来找我。"

"为什么啊？"一帆不解。

你自己不知道吗？我在心里默默地骂着，我盯着一帆，像盯着一只无耻地趴在新鲜蛋糕上的苍蝇。但还是淡淡地说，以后功课会越来越紧的，不要浪费那么长时间从二楼爬到五楼来。

的确，我在十八班，他在二班，我们之间隔着三层楼的距离呢。可不知为什么我还是觉得，这个理由很牵强。也许是因为我骗了他吧。

"哦。那我走了，快上课了。"

看着他很失落的背影，我的心轻轻抽动了一下，我知道，他一直把我当朋友，而且非常珍惜我这个朋友。但我还是忍住了没说什么，回头进了教室。

突然觉得自己很残忍。在这个学校他就我一个老同学，不找我，找谁呢。

但是后来，一帆还真的不来找我了。

次日遇见一帆，本想和他笑一下，可是他只看了我一眼，又飞快地掉头走掉了。

我的笑容僵在脸上。

我开始不安起来。只是不安，这种小小的情愫在后来快乐的日子里被渐渐消磨掉了。我也慢慢不再在意他和不和我打招呼，冲不冲我笑了。

时日平淡。

我在班上的朋友越来越多。

而和一帆的接触似乎越来越少了。

渐渐地，我们不聊天了。

渐渐地，我们不看对方了。

渐渐地，我们变成了陌生人。

转眼间第一次月考结束了。

（二）

月考结束后，便是一个双休日。

一个人坐公交回家。

看着一路的田野、人家，我竟然觉得有些孤独。把车窗打开，秋风凉凉的。车子外回荡着汽笛声，车子里却很安静。我的心像有水在里面空空地晃荡来晃荡去，伴着呼啦呼啦的响声。那种潮湿的感觉久久不散。

要是一帆在身旁，我们一定在互相讨论月考成绩了吧。我暗暗地想着。

回到家，妈妈做了整整一桌子菜。看到我，眉开眼笑："依依呀，饿了吧，快洗洗手来吃饭吧。"吃饭的时候爸妈一直帮我夹菜："多吃点啊，多吃点，这两天考试累吧。"我只顾埋头吃饭。

因为回来的时候心情不好，现在连一句话都不想说。

的确，这顿饭是慰劳我的，这次考得不错。

吃完饭帮妈妈洗碗，妈妈在一边削水果。我装作很不经意地问了一下一帆的月考成绩。

"你这次考得可比小帆好多了。"妈妈说这话时眼底含笑，有些骄傲。

我洗碗的速度忽地一下慢了好多，心里竟为一帆担心起来。

回到房间关上门，竟然没事可做。月考刚结束，作业少得可怜，一会儿工夫便写完了。我开始翻起了小学毕业时的同学录。看着临别时大家的留言，十分天真，我的心情才微微好了些。

翻了一遍。

奇怪，怎么会没有一帆的呢。

又翻了一遍。

真的没有他的。

也许是因为当时我们距离太近了，所以便不在意留不留彼此的吧。那时的我们，总天真地以为我们永远是哥们儿，永远会在一起。可是，当我们之间的距离拉开了，当我们开始有些像陌生人了，我就开始在意了。

我坐在窗台上，看着窗外的天。夜色一点一点笼罩这个城市，天空由浅浅的蓝灰色变成深紫色，然后添上浓重的红，最后彻底暗下来。迅速而细微的变化，令我无法捉摸，正如我和一帆之间的关系。

我们还是朋友吗？我不止一次默默地问自己。不会有朋友不讲话的，除非是哑巴。我突然很后悔那天那样拒绝他，让他别来找我。一帆是那么单纯，而我总是在意别人的看法与言论。

我想起小学时的一帆。

三年级我们一起学习剑桥英语，然后在老师的推荐下考级。从一级到三级，就我们俩坚持下来，一直考到最后。我们总是要在别人玩的时候复习，一遍一遍背那些长得要命的单词，一次一次练习口语，还要到老师那里过关后才能回家。

也许是因为身边有罗一帆这个活宝，在别人看来繁重的任务我并不觉得有多累。有天学校里组织看电影，正当我们兴高采烈地准备和大部队一起出发去电影院时，英语老师却把我们俩叫去了办公室。

我们几乎带些气愤地问老师为什么不能去看电影。她说，你们需要抓紧时间复习。一句话，就堵住了我们所有的希望。在英语老师的注视下，我们不得不恨恨地翻开复习资料，咬牙切齿地读起来。老师盯了我们一会儿，撂下几句话就走了，无非就是让我们好好背单词，等她回来要练习英文版看图说话。我们目送她出了办公室，几乎是瞪着她的。

老师走了，我们自然自由了。学校里的学生和老师基本上都去看电影了，教学楼里难得的安静。办公室里只剩下我们俩嗡嗡地拼写单词的声音。

一帆突然停下来，不背了。

我也很有默契地停下来。

我们对视着。

良久，他小声说，我想哭。

我也是。我也小声说。

小小的我们，只是在意，为什么我们不能和别人一样。

我们踮着脚趴在窗沿上，目送着欢笑着的同学们长长的部队在校门外缓缓远去。

"哎。"一帆突然笑起来，顶顶我的胳膊。

"干嘛？"我仍然沉浸在不能去看电影的伤心中无法自拔。

"我讲电影给你听。"一帆看着我，似乎很兴奋。

"罗一帆你脑子有病吧。"我怨怨地嘟囔。

"哎呀，别这么凶嘛。就是叫你把电影讲出来啊。呐，我先讲一部给你听啊，待会儿换你讲噢。"

他略略思考一下，"嗯……《来电惊魂》你看过吗？"

"没有。"

他咯咯咯地笑起来，"没看过我就讲这个了。是惊悚片哦，不要吓哭了。"

"我才不怕呢。"我瞪他一眼。

"咳咳。开始了哦。"一帆清清嗓子，"吉尔是一个女大学生，她和爸爸生活在一起……"

他就一直讲着，关键时刻还要学鬼叫，再配上各种各样的动作吓唬我，逗得我哈哈直笑。

"奇怪，你怎么不害怕呢？"一帆突然不讲了，看着我。

"你又不是鬼，我怕什么。"我说。

一帆又笑了。他笑起来的样子很好看。

那些日子，他一定忘了吧。

那时的我们呵，都是最最单纯的孩子，纤尘不染的天使。

而时间，就在我们细小的指尖划过。

（三）

两天后返校。

整个晚自习我都有些闷闷不乐，但还是默默地完成了两张数学卷子，这是妈妈布置的任务。我知道，她很在意我的成绩，她希望我能出人头地，她希望我比一帆更加优秀。我又怎能让妈妈失望，她是那么要强，并且希望我能像她一样。

下晚自习前，英语老师让我把大家的作业本收上来，送到她的办公室。26本厚厚的作业本，高高地堆了一堆。因为室长过生日，室友们都奔回了宿舍，竟然没有人留下来帮我的忙。我一个人小心翼翼地捧着一大堆作业本一步一颤地从五楼下楼，楼梯间里的灯坏了，很暗，我尽量慢慢地，十分小心地，可在要到三楼的时候，还是一脚踩了空，作业本哗啦啦啦全部撒落在了台阶上。

教学楼里的人早走光了。

我叹了口气，蹲下来一本一本地捡起来。

黑暗几乎将我淹没。

周围安静得我似乎都能听到我的血液在流动。

我认真地检查着地上是否还有未捡起的作业本。再借着校外路灯的微光，清点作业本的本数少了没有。再一步一步小心地挪向英语办公室。

回宿舍的时候我走了河边。夜风很凉，划过河面，穿过栏杆扑向我。我把羊毛外套裹得紧紧，在河边站了许久。

心里空空的。

我知道，这叫怅然若失。

我渐渐适应了和罗一帆形同陌路、见面不说话、面无表情不看对方一眼，就像从来不认识而且好像上辈子结了莫大的仇的时候，放暑假了。

因为临近中考，整个假期我都在补这补那。先是去物理老师家补物理，物理补完了补英语，英语补完了补语文，语文补完了要补数学的时候，暑假就剩下一个小尾巴了。妈妈在家里急得团团转："怎么办怎么办，依依的数学还没补呢。"

我吃着葡萄："妈，数学可以不用补了，问题不大的。"

妈妈瞪了我一眼："什么问题不大，你怎么知道别人家补不补呢，如果别人补你不补，下学期你就等着吃亏吧！"

我识趣地闭上嘴。

晚上看小说看得有些晚，去上厕所路过爸妈卧室，灯依然亮着，突然听到爸爸的声音。

　　"你整个暑假都让依依补这个补那个，她成绩又不是不好。小孩会累的。"

　　妈妈说："你懂什么，更上一层楼不好吗？老罗也让小帆在补课，依依不补怎么行。"

　　"小帆的成绩和依依能比吗？"

　　"哎哎，不说了，真不知道你是怎么想的。"爸爸埋怨道。

　　"我还不知道你怎么想的呢。"妈妈也埋怨爸爸。

　　灯灭了。

　　原来一帆也在补课啊。

　　我的心情跳跃起来，像涂上了一抹暖橙色。

　　忽然觉得，补课一点也不累。

　　如果第二天我没有在家，如果妈妈没有叫我下楼，如果我没有路过罗一帆家，我想直到现在，我也不会明白一帆和我的关系为什么会变成这样。

　　"依依，去把垃圾袋扔了，快。"我正在看电视，妈妈在厨房里唤我。

　　我极不情愿地接过妈妈手里的垃圾袋，趿拉着鞋，慢悠悠地走下楼去。

　　路过罗一帆家。

　　只怪我的耳朵太灵。

　　只怪一帆家的门隔音效果不好。

　　"说！为什么不去上补习班？啊？你以为你成绩好啊？班上总共就60个人，你排多少名？32名！"

　　是一帆爸爸。天啊，平时他总一脸笑容挺和蔼的，怎么发起火来这么恐怖？我忍不住停下脚步。

"我爱上不上！碍不着你！"

是罗一帆吗？他怎么这样和他爸说话呢？

"我呸！你个兔崽子，你知道楼上李依考多少？全班第四！你什么时候有本事考得比她好了你什么时候就不用去补习了！"

听到我自己的名字，我突然敏感起来。

"李依李依，别老在我面前提她！她不就是考得好点儿吗？有什么了不起的？嗯？"

"啪！"尖锐的巴掌声。

是一帆被打了吗？是一帆被打了吗？

"我恨你们！我恨你们！"一帆大吼。

我飞快地跑出了楼。

像心里的一座城池，轰隆隆地倒塌了，砖块瓦片碎了一地，压得我喘不过气来。

轰隆隆。

轰隆隆。

声音久久回荡着。

我只知道，一帆恨的那个"你们"里，有个人，叫李依。

（四）

第二天，妈妈给我请了个数学家教。50块1小时，每天3小时，一直讲到暑假结束那天。

下午，那个家教就要来我家。吃过午饭，我去房间里在一叠语文资料、英语资料、物理资料下面翻出了上学期所有的数学讲义。

妈妈把书桌移到窗边，说这样会亮一些，对眼睛好。又泡好了茶，也拿了饮料，往桌上摆了一排喝的。

好不容易老师来了，居然是个老头。想到以后一个星期每天都要在他不标准的普通话中度过3个小时，我的头就大了。

但还是耐心地听他讲，认认真真地做笔记。

听的时间久了，便会开会儿小差。忽而想起一帆，胸口会狠狠地痛一下，然后提醒自己认真听讲。我知道，我心里的那座城池还是坍塌在那里，没有人再把它们搭建起来，包括我自己。

下午的时候，天渐渐阴了下来，后来又刮起了风。因为家教老头有风湿病，不能开空调，所以窗户一直敞开着。先是起小风，卷子角被微微带起。我不得不一边听讲，一边用手指按住被吹起的卷子。后来风渐渐大了起来，连本子都快吹起来了，我是摁了这个那个又要飞，按了那个，这个又要飘，可是那个老头依然讲得很带劲儿，唾沫横飞，既没有关窗的意思，也没有帮我按住书角的意思。

我忙得手忙脚乱。

狼狈不堪。

老头依然讲着。

依然讲着。

风愈来愈大，我不得不腾出手来关窗。

当我放开手的一刹那，卷子全部哗啦啦地飞了起来。整整一学期的讲义，单元卷，月考卷，家庭作业卷，大概那么百十来张，全部哗啦啦地，像长了翅膀，飘得满书房都是。

我朝着天花板望去。

真壮观。

老头子"哎哟"，"哎哟"地叫起来，用他细细的胳膊肘按住桌上剩余的蠢蠢欲飞的卷子。"你快捡哪，你快捡哪……"他叫着。

　　妈妈也听到了老头的呼唤，冲了进来。她也叫了起来。

　　该他们手忙脚乱了。

　　我异常镇定地坐着，一动不动。

　　我此刻内心非常平静。那里有一座被冰封的城池。没有硝烟，没有人声。只有时光静静仰卧，我一点都不想动，我想让这些卷子随风远去。

　　随风远去。

　　随风远去。

　　仿佛，我和一帆那远去的旧时光。

来自远方的枫叶书签

项天鸽

一

当收到那张嵌着枫叶的书签时，凌感受到了来自远方的思念，在淡淡的橘黄底色中摆着一片别致的枫叶，脉络清晰，棕红色的叶子呈现出一种天然之美，忽地，凌想到了红的笑脸。

二

红是农民工的孩子，半年前她父母在这边工地打工，她跟随父母转学到凌所在的班级，全班四十几位同学，加上一张陌生的面孔，大家不是特别习惯，连班主任宋老师对这个新同学也没多做介绍。

红是春天转进来的，那天她穿着一件老式的红格子外套，一条有点短的黑裤子，一双洗得发白的蓝布鞋，书包是斜背的那种绿书包，她扎着的头发有些散乱，仿佛有灰尘粘在上面，她的脸泛着蜡黄，皮肤有点粗糙，但眼睛很大很水灵，笑起来很憨。

宋老师将红安排与凌同桌，凌叹了一口气，不知道与她如何相处。宋老师说红学习不是很好，凌是学习委员，让凌多帮帮她。看着老师严肃的样子，凌无奈地点了点头，可心里却有些不屑。

"你好！我叫红，你叫什么名字？"红主动打招呼。

"我叫凌。"凌面无表情地回答她。

"凌，你好！"红伸出手想要与凌握手，凌看了看她的手，只说了一句："喂！要上课了，快准备好书，认真听课啊！"然后就把双手叠放到了课桌上。

凌与红同桌后，很少讲话，而红也好像知道什么，不太敢与凌讲话。红下课也是独来独往的，没有同学与她特别亲近。

由于数学作业完成得差，红被老师叫去严厉地批评了一通，回到教室订正错题，有一道题红实在想不出来，就去问凌。

"凌，这题能教我一下吗？"

"你自己不会做啊？"凌正在看书，懒得搭理她。

"凌，你教我一下吧！"红皱着眉头，咬着嘴唇，用手推推凌，凌看见她眼中有东西晃动着，怕她哭，就告诉了她解题思路，简单到敷衍了事，然后让红自己去想。

红搔搔脑门，咬着笔杆，一边在草稿纸上画画，一边认真地计算着每一个数据，又回想着凌教她的解题思路，她眨巴着眼睛，验算了好几遍才写上答案。

"这样对了吗？"红问道。

凌看了一遍，微微点了一下头。

"真的啊？耶！我做对了！谢谢你！"红傻傻地鼓着掌，笑得像灿烂的太阳，脸颊红得像个苹果，可爱极了！可当时凌不那么认为，只冷冷地笑了一下，等她走后，还刻薄地说了一句："大惊小怪！"

凌还是一样冷淡地对红。红用的是那生了锈的铅笔盒；老土的铅笔与钢笔；发了黄的笔记本；衣服穿来穿去就那么几套老旧的；袜子破了一个洞还舍不得扔；同学们用着七彩的跳绳，她还用着细麻绳……每当看到这些，凌心里便油然而生一丝蔑视。

三

明天要春游了！凌兴致勃勃地与伙伴们商量着每个人带些什么玩，带些什么吃，而红却十分荒唐地带了针线在缝书包，她说明天要多放点东西，书包破了就没法装了。真是可笑！

第二天。

同学们踏着春风走了近2个小时才到郊区，山清水秀中，凌与伙伴听着歌，吃着汉堡包、薯条、鸡腿……那诱人的色彩，香喷喷的味道令同学们狼吞虎咽，不一会儿大家便饱了肚。

而另一边，红独自一人迎着风坐在平坦的石头上，埋头吃着白米饭，边上是咸菜、黄豆与西红柿，这可是妈妈精心为她准备的，红很满足。阳光照射下，天气变得热起来，凌和同学们喝着各式爽口的饮料，而红却独饮水壶里的白开水。

凌开始四处玩耍，红在边上看野花。没想到这春季里还有秋的痕迹，枫树上竟落下一片枫叶来，红一不小心踩到了枫叶。

“喂，你干什么？”

红不解地听着凌对自己大吼大叫。

“你把枫叶踩脏了！”

红低下头一看，忙抬起了脚，“对不起！不过——你喜欢枫叶啊？”

“对啊！我最想要一张枫叶书签了！”凌趾高气扬地说，红点点头，对自己踩了这片枫叶深感抱歉。

春游回去的路上，凌走到一半忽然脚痛，蹲在地上不想走了。

“你怎么了？”身后的红关心地问。

“脚痛！”凌忍着痛回答。

“来，我扶你！”红不由分说地拉起凌的手，一手扶着凌，一手帮凌拿背包，慢慢地陪凌走着。这一刻凌的心中泛起一阵感动，平时自己瞧不起她，不理她，而红却对自己这么好，此时多想说声谢谢，可是凌开不了口，只是看着红那微笑的脸庞，想着红为她担心的模样，觉得很难为情。

凌在心中暗暗决定，以后一定要对红好点……

四

之后的一个星期一，凌来到学校，发现同桌红的座位空空如也，凌有些奇怪，红可从来没请过假。上课时宋老师告诉大家一个消息：“红的家里出了点事，父母带红回北方老家了，隔着那么远的路，我想她可能再也不会回来了……但老师收到了她临走前写的一封信，让我们一起来听听吧！”

老师打开信，读了起来：

宋老师、同学们：

你们好！

我是红，因为家里出了点事，我不得不随父母回老家了，估计不再回来了。宋老师，我知道自己学习不够好，您为我操了不少心，真心感谢您！同学们，我多么希望能像你们一样学习和生活，像你们一样优秀，为班级增光。我珍惜我们的相聚，我多想和你们成为真正的朋友啊！我就要离开这个城市了，之后可能再也见不到你们了，但我忘不了你们。特别是我的同桌，各方面都很出色的凌。谢谢你们对我的关心与帮助，我会继续努力学习，改正自己的不足。宋老师、同学们，我爱你们！我会想你们的！

红

宋老师读着信，话音有些颤抖，她眼眶里有泪水在打转。全班同学都沉默了，凌难过地低下了头，有几位女同学开始小声抽泣，大家都被红的信深深打动了，多想对红诉说不舍，多想挽留住红，与红成为朋友，可红却已离开了……

五

握着几个月后红从远方寄来的这张枫叶书签，凌的鼻子酸酸的，她又想起了那次春游，她对踩了枫叶的红大吼大叫，而红却扶着脚痛的自己返回教室，红每次都亲昵地叫她"凌"，而她却都不屑地喊她"喂！"从没叫过她"红"……凌的一滴泪水打在枫叶上，却因为隔着透明的塑料纸渗不进枫叶中去，她在心里喊着："红，红，对不起！对不起！你现在好吗？你可知道我此时的心情……"凌在那滴泪水中仿佛又看见了红的笑脸，只是这一次，凌看见红的笑脸中还带着那无限的期待与思念……

轮　回

竹　作

"呃，那其他没什么事了吧？"

"嗯。"

"那我挂了啊，我要先睡觉了。"

"嗯。"

她放下电话，眼里噙满了泪水，电话那头毫不遮掩的哈欠声无力地彰显着他的冷漠，嘲笑着她一文不值的痴情。他平淡无抑扬的语调仿佛在暗示陈旧了的玩具是丝毫也掀不起波澜的，至少他的湖面已倒影不出他们曾经一起快乐的影子了。

这种状况的持续就好像慢性毒药，一次又一次腐蚀着她的神经，削弱着她的抗体，然后疼痛就这样细枝末节地蔓延开来。我宁愿你冷酷到底，宁可你一次把我伤透，也不要在我痛下决心时又给我一点藕断丝连，让我如此卑微的在你的世界里。

她轻轻地将了将额前的发丝，走到桌前取出抽屉里那本陪伴她高三的淡蓝色的日记本，然后斜倚在窗前，封面上几只淡蓝的海鸥在告诉人们：我要飞得更高，更远……

从高二分班后，我就一直暗恋峰，他的放荡不羁永远是我可望而不可即的。不过说是暗恋，其实我身边的朋友包括峰自己也心知肚明。我就是喜欢和他打闹，不管他怎么想，反正自己觉得是暧昧的，然后就这样甜蜜着自己要求不高的心。

坐我隔壁过道上的男生叫迪，长得很干净，却喜欢色眯眯地看人，幸亏我深知他的秉性，所以免疫力足够抵抗这样的"美男计"——不吃这一套，很自然他的"甜言蜜语"不攻自破。我老是拿这个嘲笑他，但我们的关系很好，互诉心事，我帮他追班上的班花，他听我说有关于峰的，有时候也不忘损我自作多情。

所有的会考都结束了，如释重负，却也提醒我们高考越来越近了。

吃饭的时候看见峰和隔壁班一女生手挽手，我的鼻子一下子酸了，原来流言不完全是捕风捉影。坏蛋，把我弄乱后自己屁颠屁颠地走掉，实在可恶，但你没必要对我有愧疚，不过你确实该受到惩罚，罚你从我的好友名单中出列，将来永远都不会是你，若，我做不到，我就改姓。

于是跟朋友说好再不许提峰，赌气的我，刚回教室，又被迪的一句谎言刺中，心开始泛起涟漪，接着是错愕，然后便是失神笑靥、失落、感伤，看，我真的是一个傻蛋。

我继续帮助迪追班花，为他出谋划策，不亦乐乎。

生日前一天晚上梦见那熟悉的背影挽着一女生，另外还有迪向我祝贺，乱七八糟的。

终于还是醒了，外面的天气很糟，沉沉的黑夜还未褪去，没有星星，没有月亮，没有去年白茫茫的、覆盖在屋顶上的雪，有的只是阴冷的冬雨。

"今天算是完了，生日遇到这样的天气。"预言很灵，尤其是数学单元测验，最后两个大题全错。

迪说："人不可以改变天气，却可以改变心情。"他总是这样安慰人，淡淡的，然后用他特有的眼神看着你，随即趁我不注意拿出一只小猪，生日快乐，好一只音乐猪。谢谢我的色友。

从峰那里吃的一堑，让我更加清楚地看清了有些男生的真面目。而有些人我却想守护他到达幸福的彼岸。也许会永远错过，但我想让他拥有属于自己的小幸福，让他快乐，是我唯一能为他做的。他可能浑然不觉，但我愿意，就冲他去看我最爱的《豪杰春香》，说那句经典的台词给我听："你到底不让我进你的门，还是你的心。"好感动，总有一天爱情会真正降临，祈祷……

幸福真的如我所愿般降临。

只要勇敢一点，没有什么不可能。

我不能将他送到她的身边了，因为我想给他幸福。

我喜欢的他单纯可爱，爱听音乐，懂得制造小浪漫，爱说情话，色胆包天，常常死皮赖脸，还有点霸道。不许我做傻事，不许我对其他男生傻笑，不许我的目光再停留在峰的身上。"我要你，是我的。"

我好想和他拥抱，在夜幕下，橘色的灯光里，只有我和他相依，一直看着他，直到他脸红，他霸道，我就霸道过他。只许他想我一个人，让他"欲罢不能"。

我是疯了，但我愿为爱，为青春再无悔一次，如果受伤，再悄悄离开。

"我喜欢你。"

"我也是。"

暖瓶、早餐、巧克力。

"我不要你离开我。"

"我怕你放弃我，好怕。"

"傻瓜，我们再也不分开。"

"我只要跟你在一起。"

所以情话似乎在这几节课内全都说完，我的世界里他是整个的圆。那么我在乎他心里的那点不完整吗？开始我在乎，并且想要放弃，再送他去想去的彼岸，可是现在我舍不得了，一想到那我的心就会微微抽痛，酸酸的鼻子，眼泪不争气地打转。我的理智告诉自己，算了，没有完美无缺的爱情。

我想就这样没有分离，我们的高三黄昏之恋开始了。

我爱你，迪。

毫无预兆的拥抱，好暖、好软。我整个人都酥软了，幸福让我冲昏了一切。我们去教室顶楼，肩并肩靠着，紧紧拥抱，头碰头亲吻，好幸福，天旋地转的爱情，原来如此，爱你，迪。

今天峰被老师叫到办公室问话我才发现自己好久都没注意他了，因为心里满装着迪，早已无暇顾及其他。听同桌说，他的"地下恋"被发现了，要他分手他执意不肯，说是他曾对那女生承诺过"我们一定要一起走下去，然后一起上一所大学"。傻瓜峰，为一句虚幻的诺言被罚站思过，承诺有多值钱啊，大多承诺美丽如蝴蝶，最后却盘旋地飞，然后不见。但这样的峰我却喜欢得很，真诚、执着、勇于担当。

雨下了好久，一直下，谷雨时节的雨是冰冷的。多少诗人将它作为意象，成为心灰意懒的代名词。这几天的我同样湿漉漉的，有幸福，同样有悲伤。

看着自己早已不再是从前的我，不再独立好强，不再微笑对待一切。我的心随着迪的举手投足牵动相掣着，我多么想回到自己的躯体中去。

"天天都见面，还有什么好说的。"以前根本不会在意的话，如今的我却计较得很，如今敏感脆弱的我好像温室里的花，希望每时每刻都被呵护。我任性，我赌气，我确实不是一个善解人意的女生。

我忘了，迪的爱终究不完整，他的眼光时常落在那个班花身上，还是有缺憾，而真的让我感受到时，如此心疼，我还是无法完全把握他，亲爱的迪。

分手是我提出的，因为我在乎那点缺憾。

一切仿佛如梦般结束。离高考还有107天，墙上已挂上了倒计百日的日历。面对父母和老师，我是该惭愧的，没有努力认真，而是在享乐。那么，从现在开始，我要折磨自己了，集中心思学习是我唯一能做的。

目标，武大，樱花，远离家乡。

分手后的日子是痛苦的，心总是系着一个熟悉的身影。自修课的时候，看见他在干呕，跑去厕所好几趟，我的眼光一直跟着他进进出出，最后还是忍不住去关心他，还好吧？字条在手心握出汗之后终于递了过去。而这似乎给了他时机，对不起，但你要相信我是爱你的，再给彼此一个机会好吗？仿佛是酝酿了很久的话，不过这也确实触碰到了我内心的痛处，也许真的还需要时间吧，这段日子自己也确实辛苦，我如此说服自己，其实是抵挡不了他的诱惑。保佑我们吧。

复合也就意味着我又在享乐了，我不能全身心投入学习，事实上不复合的我也会被悲伤压得又透不过气来，我总是为自己找借口。

一百天对学习来讲不算短暂，对爱情来讲却太短暂。我想时间还是不够，我能感觉这不是我真正想要的他，我终究不能完全把握他。

　　但我依旧学习着，我不再说什么了，心里却难过着。这样恋爱着，让我的高三无比辛苦，但我觉得我守着属于自己的小幸福是伟大的，也许有点自欺欺人，但我不在乎。我只要跟你在一起。

　　……

　　"傻瓜"，她合上日记本，自言自语。不是时间不够，是早已经寻不到那个他了。何苦再让自己陷入这种无谓的悲伤呢。这悲伤已与他无关，从今以后在河对岸安静地看着他快乐和忧郁就足够了，永远不要渡河了。

　　武大的樱花着实美，但远离家乡，让不恋家的她也觉得孤独。她是家人的自豪，她考上了武大。但他们不知道，她的高三，让人心疼。

　　进入大学，她爱上了写那些与青春无关与伤痛有染的文字，就在她的忧伤里，另一个他"横空出世"。众人眼里优秀的他，却一次又一次向她递出爱的橄榄枝，她拒绝，明确地告诉他，我不喜欢你。可是他却毫不在意，没关系，只要能跟你在一起就行。

　　只要——能——跟你——在一起。

　　她唇角上扬，好熟悉的话，又一个爱情傻瓜，新的轮回……

我们说好的

陈 冰

"诗雨，恭喜你哦，不错耶，上升了6个名次都已全班第一啦，我说嘛，我们女孩子不一定就比他们男孩子差。"

诗雨和几个同学有说有笑地朝教室走来，信斜摆酷似地站着，手里拿着这次考试的成绩单，见诗雨来了，便将头慢慢抬起露出那双让人难忘的剑眉，"猪头，你说吧，让我做什么。""输了还这么嚣张，真不是个好人，算了，谁叫我天生就这么心软呢，就罚你请我的这些姐妹吃一顿，还有给我打一个月的午饭。"

"丫头，一定要加油哦，不然下次你就要变成我手里的小羔羊喽。"说完后露齿一笑便走回了自己的座位。等着瞧吧，我才不会输给你，诗雨心下想道，不一会儿也扎进了书堆里。

信哥败给诗雨后，诗雨的午饭便由信哥全程负责。那天诗雨正埋头于数理化之中突然听到门外一帮男生正叽叽咕咕地谈论什么。隐约之间似乎说到了自己的名字，怀着好奇的心情诗雨向门外走去。刚走到门口就听一观察家男生说："信哥，你是不是有女朋友了，要不怎么老见你拿着女生的饭盒在食堂里转，老实说，是不是那个叫诗雨的呀？之后便听见一阵起哄声。平时大大咧咧的诗雨脸唰地一下子就红了，正欲冲出教室却突然想到要听听信哥是怎么回答的，诗雨暗自庆幸自己的理智，但令诗雨失望的是信哥并没有否认而是一个劲儿地笑，真是谁看了都有冲上去揍他一顿的冲动。然而这时的诗雨却按捺住了激动的心情，因为诗雨感觉到班上有许多眼睛正盯着自己。粗鲁地接过信哥手中的饭盒后便又扎进了书堆里，不知情的信哥耸耸肩，露出一脸的无辜。

"李信，你给我出来一下。"诗雨低吼道，转身便走出了教室，信哥整理了一下酷酷的发型跟了出来，心想，这个猪头哪根筋又不对了，不管怎样，去了再说。"信哥，你是不是做了对不起诗雨的事？你看人家脸都气红了。"信哥又是一脸的无辜，没有理会那帮男生。

到了学校西侧的操场，诗雨终于忍不住对信哥吼道："李信你有病啊！干吗给我打饭，干吗自作多情地损害我名誉……""Stop，stop……先把事情说清楚好不好，饭可是你让我打的呀，我可是遵守承诺。还有，什么叫作我损害你声誉，请林大小姐为我解释一下，我这个普通话不行。""我，我……我不管啦，反正都是你的错，说白了吧，刚才你和那些男生说什么女朋友时我都听见了。"信哥没有回答而只是笑。"你还笑得出来，没想到你这家伙这么坏，本想你道个歉什么的，我就原谅你，现在呀，看来没那个必要了，算是我看错人了。"诗雨掉头就走。

高中的生活考试就是主调，这不，第二次月考也结束了。班主任冲进教室，脸上堆满了笑容，说道："这次大家辛苦了，功夫不负有心人啊！我早就说过嘛，有付出就有收获嘛……""杨老师啊，你就别卖关子了，这次考试到底怎么样呀？"几个再也听不下老杨那唐僧式报告的同学嚷道。"我早就说过年轻人做事不要太着急……这次我班的科平均成绩全年级第一，我们班的体育委员李信同学还取得了全年级第一的好成绩，当然我们的林诗雨同学也不差呀，以五分之差居于全年级第二，还有……"杨老师正说得津津有味，信哥突然插上一句："老师，我们是不是该鼓励一下那些想为班上做贡献的同学？""诗雨，中午你不是跟我说你要无偿为班上拖一个月的地板吗？你看，大家都很支持你哦。""原来是学习委员林诗雨啊。"老师说。

放学后大家像百米冲刺似的一下子就没了踪影，教室里只留下诗雨一个人在艰难地拖着地板。"李信，亏你想得出让我拖地板，你想表现就好了，我又没妨碍着你，干吗把我拉下水，你是不是有病……""谁在骂我啊？"抬头望望，"你……你怎么来了？""听见你骂我，我就来喽！哎，我还是帮你拖地吧，省得人家把我骂得狗血淋头。""如果你来说风凉话的就给我滚。""别误会，我只是良心发现而已，助人为乐嘛。"半小时后地板便干干净净。

"天都黑了，我送你回去吧。"

"谁怕谁？小心我把你的轮胎给压扁。"

一路上诗雨想出各种招式对付信哥，忍不住在空中比画出来。"还是先别谋杀我，抓紧喽，摔下去我可不管，听说这一带很多野狗。"

"我才不怕……"

从这以后信哥便天天帮诗雨打扫教室，送她回家，他们不再相互攻击反而变成最要好的朋友。直到高中的最后一次考试，李信652分，诗雨650分，诗雨认赌服输地答应和信哥报考同一所学校。

"我们可是说好的谁输了就为对方当一个月的保姆的哦。"

"谁说的，我可只记得报志愿的事，其他的我可没答应。"

"林诗雨，你要赖皮呀，看打。"

"救命呀……"

雨中一回眸

江 博

雨中一回眸，只觉千年一瞬了。也是，佛陀曾言：五百次的回眸换来一次的擦肩而过。我从这里走出，脚步轻轻……

一

落日熔金，我抖落一身风尘。

我到江南来。江南好，风景旧曾谙，江花似火，江水如蓝，千里之行竟也这般轻松了。江南，一个诗化了的名字——我想，我快到了！

艄公一声嘹亮的吆喝，我已一脚踏上了这芬芳的土地，渐行渐近……

只听身后的书童叫道："公子，等一等！"

二

是日，一袭白袍，一领崭新的头巾，一把彩绘的油纸扇，神色悠闲地穿行于江南闹市之间，那就是我。这里人声鼎沸，车水马龙，急得书童在人海中苦苦搜寻他那犹如脱缰野马般乱跑的主人，及至追上，才惶惶问道："为何到此呀，公子？"

"为何？我也要问为何。为何不去骚客云集的黄鹤楼？歌妓漫天的秦淮河？呵！却要来这？"

书童的脸上写满了困惑，他实在不明白眼前这位向来寡言少语的主人这一连串的发问究竟是问他，还是问来来往往的人流？

"老人家，您在卖扇吗？"我躬下身来，细细打量着眼前这位憔悴的老妇人。

"官人，行行好，买一把吧！"

"噢，老人家，我一时没带钱在身上，这样吧，我在您扇上题字，您一定卖得出去的。"

"您是——"老人半信半疑。

"朝廷中的刘禹锡刘大人！"书童猴急的嘴开了腔。

"要你多嘴！"我忙不迭地拿起笔，在一把苍白的纸扇上一蹴而就。老人正欲俯身道谢，我一把扶起，摇了摇头，和老人耳语了一阵，老人含泪而视……

随后我便离去了，书童又是一阵忙不迭地追赶，口中问道："公子，您对那位老妇人说了些什么？"

"哗——"，我将扇一展，轻声叹道："我对她说，朝中的刘禹锡已是历史了，您可千万不要说出去呀。"

书童无语。夕阳渐落，书童后来说，那天的我，在夕阳下被映得一片金黄……

三

那一晚，便有一顶轿子久久停于我的客栈之外，我知道，麻烦来了。

乡绅的宴席，话不投机，处处是对于朝中变革的嘲讽，令我愤然离席。

书童不说话，于是机缘巧合中，我便来到了这里——遗忘的角落——后来在我的诗文中出现的乌衣巷。

这已是离席后一天的下午了，夕阳、野花依旧，确实没有新意可言。书童却发现了断壁残垣之上斑驳的字迹"王——"

"江南王家"，可是两晋时王导之家。若是，可谓富极！

"公子，这还有个'谢'字呢！"

"怎么，谢安家的牌匾竟也沦落到了这里？不，应该说是两大首富齐聚于此！"

"公子，您这是在开玩笑吧？"

"怎么，你也听出来了？妙极，妙极！唉，岁月淘沙，如今王、谢不知换何人呀！"

"公子，您难道不想做王、谢？"

"我岂会做此辈中人，贵族兴衰不过百年，朝代更替更无百代之久，有用之躯没于钱财，非我所愿！"

书童的脸上写满茫然。

"书童，你看，现在的紫燕也不怕我，多好呀，恐怕它们的祖先被王、谢两家都赶出来过吧？"

"嗯，我想一定是了。"书童咂咂嘴，回味着刚才的话。

四

我走了，怎么也没想到乌衣巷竟是此行的句号，不过也好，平凡处不是也有好景吗？看，柳荫处，柳枝丝丝念翠；桃云中，云朵片片含丹。

船正行，我心已无所想，细雨濛濛，见一船正近。

是圣旨到了吗？

让我再于这雨中一回眸。

五

巴山楚水凄凉地，二十三年弃置身。我在山中了……

第二部分

爱在身体里涌动

　　父亲不善言辞，很少对我说什么，有时我甚至荒谬地想：他真的是我父亲吗？可是每次我离开家的时候，他总会唠叨一番，那细心的叮咛一直传到我幽深的梦里。我知道，我是父亲用心栽下的花，父亲则是夕阳下那道令我流泪的风景。

——杨月枫《读懂父亲》

我拿什么奉献给您，我的母亲

悉 晨

在梵天的梦里，我本是一颗渺小的种子，埋在沙漠里，没有生命。在我意识初醒睁开眼睛的那一刻，我看见了一个年轻的女人，泪流满面，笑得幸福。这是一个平凡的女人，此时却透出一种无言的坚定。

在那些贫穷的岁月里，女人和她的丈夫带着我寄居在别人的屋子里。那种日子里的生活，人落魄得像条狗，主人不高兴，就将"狗"踢出"收容所"。

作为女人的丈夫，男人也只是一个只能挣点小钱维持生计的平庸人。他没有远大的抱负，没有坚定的信念，所以他过得很苦。更重要的一点：身为家中长子的他并不得宠，一碗一筷都得慢慢积累，直至筑起一个家。幸好，他娶了一个贤惠的女人。

1岁大时，我已经开始咿呀学语，脑子里也就明白了一些事。那个女人是我的母亲，她的丈夫是我的父亲，而我是他们的儿子。

两岁时，我学会了走路，"爸爸，妈妈"叫得很欢。母亲收拾东西准备搬进自己的家了。那是一幢用砖块简单堆砌的低矮平房，可母亲很满足，牵着我的手在屋子里转了半天。我也很高兴。

6岁时，母亲同父亲商量着把我送进了幼儿园。我的聪明在这时渐渐显露出来。当我拿着奖状和双百的成绩单给母亲看时，母亲露出我从未见过的骄傲的笑容。真的，母亲的神情让我心安。我想，这应该是我对母亲最大的回报了。

可记忆中的母亲不知从何时被褪去了温柔的外衣，变得可怕起来。母亲的身体越来越差，最后严重到了风湿性心脏病的地步。那颗年轻脆弱的心脏会不时地隐隐作痛，于某一刻轰然碎裂。

母亲会经常在我任性的时候用细长的竹竿狠狠地抽打我的腿。我疼得想逃，却又不敢。打完后，我忍不住委屈地大哭。母亲会后悔地将我搂在怀里，眼泪顺着脸颊一直滑到我的衣领里。我也在那一刻原谅了母亲。

多病的母亲担负不起那么多家务活和农活。那时的我就开始学着洗碗、烧饭，甚至上稻田拔草、插秧。这些在最开始的时候都成了我向别人炫耀的资本。我是一个多么乖巧能干的孩子，我想道。

当我完全沉浸在这种自豪感中时，我是那么开心地到叔叔家玩。可一切美好的东西在叔叔说我是如何的可怜的一刹那消逝。越单纯坚强的心越承受不住别人异样的目光，尽管那种目光叫作同情。在那一瞬间，我才明白自己是多么可怜的人。而身旁的人眼中那种单纯的怜悯，更不由得我怀疑。我丢掉了叔叔给我的冰棍，迷茫地乱跑。脚下的路在泪水的浸泡下变得泥泞，遮住了我的视线。

就这样，我对于母亲的感恩渐渐离去。我不懂作为一个母亲为什么会让她的儿子干这么多的活。我想就那么不干了，可行吗？不行，我是那么地害怕惹母亲生气，那么情愿地接受母亲的要求，想让她开心，养好自己的身体。我不敢想象母亲会在某一天离去，丢下我一个人，尽管我还有父亲。我真的好怕。我不想一个人。

童年的时光在手指间已然流失，如今的我已经长大了。在这样明媚的花样年华里，我即将迎来紧张的初三。

回想起一个礼拜前同母亲那次不愉快的通话，我依然心情沉重。母亲歇斯底里地大骂，突然愤怒地挂掉了电话。母亲怎么就那么不通情达理呢！学习成绩不是完全可以掌控的事，何况我的成绩不差，只不过是因为历史这一门在初二不被人重视的科目会出人意料地被加进总分，致使排名掉了好几位。可我真的没骗你，除去历史，我的名次真的不差。难道一次意外也算是欺骗吗？跟母亲讲不通，郁闷纠结在心里，使我看起来缺乏生气。

临近中考的那一学期，母亲对我的态度有了180度的改变。她克制着焦躁，试图跟上我的步伐，用我的方式思考。这样的母亲，熟悉又让人陌生，让我生出无限的怀念来。我也不知道这样的母亲对我有着怎样强烈的寄托，强烈到让她转变至此。或许我是知道的，只是不愿意承认罢了。细细想来，母亲对我的爱就如同她那颗异常的心脏谱出的心电波，时上时下，起伏跌宕。既无规律，也无稳定性可言，仿佛病痛是她身体里的一部分，母爱是她病痛中的另一部分。这样的爱不可靠，这样的爱不真实，这样的爱怎样叫我去信服。与其让我去接受这场虚幻美丽的梦，不如一开始就选择防备。这是我的本能，渴望爱而生的本能。

我想哭，却哭得无力；我想笑，却笑得苍白。此刻的我或许就是这样的心境吧。

中考时，我发挥得不如意。考完，我就觉得完了。母亲并未怪罪，反而和声细雨地安慰我，这是我始料未及的。我坚定地对母亲："考不上，我就不读了。"最后考试结果出来，比设想的好一些。跟母亲商量着填了一所颇有名气的学校。可对于想考重点的我来说，却生出一种遗憾的辛酸感。

不管怎样，这都是一次无奈的选择。

浑浑噩噩的高中生活在我的面前舒展开来，让人有种恍如隔世的感觉。同母亲言语上的沟通几乎断绝，每次电话也只是木讷地"啊，哦"几声。其实本来有很多的话要说的，可一张口就失去了继续下去的冲动。跟一个不懂自己的人说心事，哪怕是自己的母亲也会显得多余吧。

2007年的年底，遭遇了百年难遇的冻雨。电视台、报纸上全都是关于灾害的相关报道。在外地打工的父亲幸运地安然回家。外婆病重，母亲赶去看望了。雪下得一天比一天大，门前屋后的积雪厚厚的一片。

离除夕还只有3天，母亲打电话来，路上结冰太厚，车困在半路上了。我孩子气地花了一整天的时间堆了一个很大的雪人，面朝东方，心中有一种隐隐的期盼，也有一种久违的成就感。

那一晚，我想了关于母亲的种种。半夜，我从噩梦中醒来，脸上全是冷汗。我梦到母亲被困在车上，无人救援。母亲放在口袋里的一点食物和水也被车上的人抢光了。一天，两天……过了很久很久，期间母亲试图用吃雪来赶走饥饿和干渴。终于虚弱的母亲昏死过去。旁边的人指着站在不远处的我，幸灾乐祸地笑着。

我第一次在梦中目睹了母亲的死亡，心底最柔软的一块地方被深深地刺痛了。以前那些不可原谅的理由现在连自己也无法信服。我发现我依旧是那个单纯的孩子，在乎母亲的态度，母亲的生命，并且连思念母亲的情感也如此强烈。一切觉悟应该还不算晚吧，母亲！

我无助地躺在床上，蜷缩着身子，再次昏昏地睡去。

早上，我躺在床上，头疼得厉害。耳边忽然响起了母亲叫我的呼唤声。眼泪不自觉地充盈了眼眶，我看见床边的母亲嘴角勾勒出一抹欣慰的笑。

母亲，我的母亲，或许你就是那滴隐藏在我眼中怎么也掉不下来的泪珠吧。

父之左 我之右

于 翔

地上还残留着一点点上次下雨时的积水，在炎烈的太阳下一点一点地变成水汽，消散，无所逃逸。

我不知道我是否还具有存储记忆的能力，也许这种能力在我潮湿的童年就已经遗失殆尽。我的记忆，尤其是童年的记忆，点状，零乱，像黑白的剪影，具有极其原始的压迫感与距离感。而父亲隐约的脸成为这些剪影唯一的丝状的连接，连接并牵制着我那些悬浮于我记忆的部分。

在一个燥热的夏天，父亲和母亲断绝了他们的关系。是的，当血流干后剩下的也只是寂寞地等待愈合的伤口。现在，我和父亲住在一起，而母亲只在周末和节假日来看我，带我去买东西，带我去吃饭。来接我时母亲像一个孩子似的偷偷地瞟着父亲，而父亲却把脸隐在劣质烟的云雾里，说："别太晚回来。"一次在经过母亲公寓时，我看到母亲和一个穿着干净整齐的西装的男子并排而行。我不知道这个男人会与我建立起一种什么样的关系，但我知道，这个男人眼里充满温柔，一种父亲不曾有过的温柔。

水已经干涸，大地被太阳的残暴所驯服，空气被热扭曲，软化，痛苦地痉挛。

父亲收入很高，但很节省，亦如父亲做饭的方法，简单、原始，菜里还存留着泥土的气息。少盐，无味精，无辣椒，一粥一汤。在很长一段时间里，吃惯了母亲做的饭菜的我，一直都不能习惯父亲做的饭菜。在那些日子里，我变得瘦削，像父亲一样的精瘦。父亲也喝茶，400元一斤的毛尖。父亲喜欢抚摸泡着茶的高透明玻璃杯，仿佛是大餐时的甜品，温暖，清澈。

而母亲离开后，家里没有了茶香，取而代之的是一屋子劣质烟的味道。他从母亲在时的一天半包烟变成一天两包，甚至三包。父亲开始喜欢用烟埋藏自己，埋藏自己的悲伤与快乐。

大地在太阳的烧灼下开始崩裂，沥青代替水成为这片大地上惟一的液体。

于是，在某一个深夜，父亲开始剧咳，像心跳一样的剧咳，一夜又一夜。我建议父亲去看医生，父亲说没事儿，咽炎而已。

一次给父亲洗衣服，从兜里掏出父亲的手绢，大片大片暗红色斑迹在手绢上格外醒目，我知道，咽炎不咯血。

医生说，肺癌，晚期，100天左右。

父亲说，别告诉你妈我在这儿。

父亲微笑。

一个周末，母亲拍着我的肩膀说："3个月，你爸的毛衣就打好了。"母亲笑着，我甩开母亲的手，"你们为什么要离婚？"母亲的惊诧和我莫名的愤怒一瞬间对峙，几秒钟后，母亲说："我送你回家。"我开始想100天后的世界，巨大的痛苦袭来。

父亲生病的那些天里，父亲的许多朋友来看望父亲，没有水果，没有昂贵的补品，只有茶叶，相当名贵的茶叶。可父亲从来不喝，只是让我从家里带来他的散装茶叶，那些好茶父亲只用来待客，于是整个病房茶香四溢。

一个月后，父亲放弃了化疗。父亲说这个时候化疗没有必要，我劝父亲不要放弃，奇迹是存在的。父亲微笑说："让你母亲回来，这是不是奇迹？"我说："爸，还有我，您的儿子。"父亲微笑，说："你长大了，我的毛衣你可以穿了。"父亲边说边用手来回抚摸我的肩膀，像抚摸一杯绿茶，就在父亲抚摸我的肩时，我从父亲的手上感到了父亲瘦削憔悴的手像一根根骨刺带给我双重的痛。可是在我的记忆里，父亲没有衰老过，他只是憔悴：覆盖一切的憔悴。

沥青已经被晒干。大地寂静下来，洪荒一样，黄成为天地的主色。没有生物迹象，大型食肉动物的骨架横卧原野，尖利的肋骨直指天空。

3个月后，一个雪天的凌晨，父亲病房心电监视器，警音，尖锐无限拖长。当我赶到病房时，母亲已经赶到医院，我不知道母亲是如何知道的。

死亡时间，零点零一分，父亲的最后一天，最后一分钟。在这一分钟里，父亲把42年的眷恋压缩，再压缩。父亲的邻床告诉我们，在夜里，父亲的咳嗽中总夹杂着一个字——莹。

许莹，母亲的名字。

母亲用泪铸建的城堡在一瞬崩塌，粉碎。终于，黑色的云在天空堆积，纠缠，闪电从天上滑下碰撞大地。但轰声已经没有能力让石头战栗。

回家，打开衣柜，父亲的毛衣整齐地叠放着。最上面一件是父亲白色但已泛黄的羊毛衫。我想起了儿时的一个夜晚，风雨大作，我就靠在这件羊毛衫上，羊毛衫包裹的是父亲温暖的胸膛。我抖开羊毛衫，一张存折从里面掉了出来，一张六位数的存折。

雨，开始降临在这片垂死的大地，雨点猛烈地砸在地上，像讨赎自己迟到的罪过。

母亲的变化开始于从公寓搬回家的第一天，她越来越像住院前的父亲，沉默寡言，每天都是清淡得不能再清淡的菜肴。母亲喝完了父亲留下的所有茶叶。

一天，母亲告诉我她和父亲就像70年代的人一样上山下乡，相识，相恋，回城。

可是，认识父亲二三十年，父亲从没有给她说过"我爱你"之类的话，父亲不懂浪漫，也给不了别人浪漫，父亲只会去爱。在住院前一个月，父亲就知道自己的病，他也知道如果告诉母亲，母亲会为他倾其所有，可他不要。就在母亲在离婚协议书上签字的刹那，母亲也不知道她对面的这个男人有多么爱她。

我，也习惯了母亲做的菜，开始增加饭量，但依然是如父亲一样的精瘦。终于，我可以清晰地感觉到，父亲的某种东西在我身体里涌动，永不殆遗。

老照片

黎倩欣

　　有一天，弟弟心血来潮，把以前的照片都翻了出来。有一张照片吸引了我，那是爸妈的结婚照。照片里，妈妈穿着老式的粉色婚纱，站在一间墙壁都是土黑色的房子旁，墙角上的青苔特别的显眼，残旧的水泥扶梯上站了许多观礼的朋友，他们都笑着。

　　房子的残旧引起了我的好奇心，便去问爸爸："爸，这里是哪里？我怎么没有印象？"

　　"什么没印象？"爸拿起了照片，皱起了眉头说道，"这里不就是我们老家前面的地方，怎么会没印象？"

　　第二天早上，我和爷爷一起去晨跑。跑到爸说的那个地方，可是那个地方是一座座的商品楼，瓷片贴着外墙，干净且美观，两部电梯旁还有一间保安房，于是就问起了爷爷。

　　爷爷看了看周围才说："是这里没错啊！那个时候的房子都好旧，每个人也没有很多的钱，可是邻里之间关系都很好。"爷爷轻轻地笑了笑，看看我说："政府要开发这里，说要建商品楼，前面这块地以前还是一块菜地呢，每天我和你奶奶就在那里种菜，不过现在没有了，每天经过这里都会想起。"说起以前，爷爷都会笑着，轻轻地，只是回过神来，嘴角的笑容就没了。

晨跑完，回到家门前，爷爷看到了朋友，那位公公提着早餐袋带着他的孙子。爷爷跟朋友打完招呼后，公公也作了热情的回应，只是他的孙子僵硬地喊了一声后，拿起了手机便说："快回家啦，吃完早餐还要完成游戏任务……"

高楼大厦的拔地而起，似乎也在人的心间建起了屏障，使人与人之间少了那份亲切；通讯的发达，却没有更加地拉近人与人之间心灵的距离；电视的普及，却减少人与人之间结伴探访的欲望和冲动……家乡的环境不断地在改变，可是那份简单而朴实的爱也不断地遭受到考验，慢慢地被消磨。科技的发达，社会的更新，使人们愈发地追求物质。拆迁工人，搬运公司的到来似乎将那份情感在那一刻定格，就此成了永恒，成了一种回忆，成了属于老一辈的怀念，成了年轻人向往的一种情感。

写到这里，忽然想起大姨对我说过的一句话："以前每到假期，不管亲戚家住得多远，我们都会去。一到那里，即使家里没有太多的钱，也会尽量给我们准备许多东西吃。哪会像现在的人情那么薄。"那时我还不是很明白，现在算是恍然大悟了吧。

物质生活的不断丰富，不应该消费着人们之间的情感。日新月异的时代，我们也应该将人类最原始、最朴实、最简单的情感延续下去！

读懂父亲

杨月枫

　　小时候，我常常骑在他的脖子上，一边听他哼着雄壮的革命歌曲，一边品尝着令同伴们眼馋不已的零食。在金色朝霞的映照下，他托着我就像托着初升的太阳。如今，那曾经矫健的步伐已渐渐蹒跚，在似锦的晚霞中，他默默地望着远方，就像一座凝重的山，这一刻我才读懂了他——父亲。

　　父亲不善言辞，很少对我说什么，有时我甚至荒谬地想：他真的是我父亲吗？可是每次我离开家的时候，他总会唠叨一番，那细心的叮咛一直传到我幽深的梦里。我知道，我是父亲用心栽下的花，父亲则是夕阳下那道令我流泪的风景。

　　强劲的山风，吹皱了父亲的面颊；家乡的湖水，染白了父亲的青丝。一切都变了，我渐渐长大，父亲却越来越"小"：眼睛凹陷下去，颧骨凸了起来，后背也不再挺拔。父亲就这样一日日老去了，唯一不变的是那双满怀希望、永不妥协的眼神，仿佛想时刻扼住命运的咽喉。

　　命运给了憨厚的父亲一个艰辛的人生，他选择拥抱大地，与庄稼为伍。可那广袤宽厚的土地，却托不起父亲炽热的汗滴，泥土也留不住汗水的痕迹。纵使父亲每天踏霜迎露早早出门，在田间挥汗如雨直到百鸟归巢，幸福之神也未曾眷顾过父亲期待的心。即使如此，乐观的父亲还是认为，一切都会过去，遗憾也是如此。我们必须接受有限的失望，但是千万不可以放弃无限的希望。

父亲总是对我说，如果日落时间延迟一些，他准能把地里的活儿干完。每次听到这样的话，我总觉得心里很难受。您知道吗，父亲？若真如您所说，那炙热的太阳将更长久地灼烤您的身体……这些话，我终究未说出口，因为我能想到父亲千篇一律的反驳：我还硬朗，这点苦我还能吃。我还能说什么呢？看着父亲斑白的头发、布满皱纹的脸、树根般的手指，我努力地想要回忆起父亲年轻时的形象，却回忆不起父亲何时年轻过。细数他额际的皱纹，凝视他那弯曲的后背，那一刻才发现，我已高出父亲半头了。我心里顿时涌起一阵酸楚……父亲真的老了。

有时候想起父亲的艰辛，我不禁想：天底下的父亲都一样吗？还是只有我的父亲人生如此坎坷？若可以，父亲啊，下辈子只做儿子吧，不要做父亲。可是，我怎么还在自私地想，下辈子依然做父亲的儿子呢？父亲真的老了，那一天，我拧下了父亲拧不动的螺丝帽；那一天，父亲对我说：娃，来给爸拿个主意……我明白了，父亲把"肩膀"给了我，我越来越大，他却越来越"小"，我要做那棵大树了，在人生路上为自己，也为父亲，遮风挡雨……

如今，我要离开了，离开父亲。远到姑姑所在的城市求学。我不知道等待自己的将是什么，但既然选择了远方，便只有风雨兼程。我总在告诉自己：别忘了，父亲的爱有多深，路就有多长，只要有明天，就会有无穷无尽的希望。

我忽然想起有人说过，两颗不同的心就是两个不同的世界，人隔毫厘，情隔千里。但为什么我总觉得父亲的爱近在咫尺，不曾远离？

　　眼前，慢慢浮现出一个老者蹲在阳光下的身影，光线，似乎钻进了他满脸皱纹的夹缝里，让他显得更加黝黑，这便是我那慈爱的父亲。

老家的瓦房在唱歌

孙　磊

又下雨了！

"嘀嗒，嘀嗒……" "叮，叮……" "咚，咚……" 这是老家的瓦房在雨中唱歌。我拧着眉头享受这场大型音乐会。甭奇怪，当你听到雨水和你家盛水容器相碰撞发出的声音时，你会不开心吗？

雨停了，终于停了。阳光格外灿烂，我望着那些老屋狼狈不堪的模样，活像一个掉在泥巴坑里的小男孩，满眼泪水，嘴里还在不停地喊着"妈妈"。望着望着，我又不禁抿起嘴笑了，像那灿烂的阳光。

"爷爷，我们啥时能住上楼房啊？"

"快啦，快啦，你爸妈明年过年时会回来给你盖新房。"

"真的吗？"

"傻孩子，爷爷什么时候骗过你。"

我快活地笑了，笑容里还有楼房的影子。

阳光好暖，爷爷搬了张凳子靠着那满目疮痍的墙壁坐下。古铜色的肌肤，深陷的眼窝，干瘪的脸颊，裂开的嘴唇。爷爷真的老了，这是一个不可否认的事实。我也搬了张凳子挨着爷爷坐下。我眯着眼睛偷窥那蔚蓝如洗的晴空，忽然，一个美丽而可怕的词出现在我的脑海——天堂。

"爷爷，你知道天堂吗？"

"当然知道，我马上就会去那里了。"

阳光一下子暗了好多，我猛地睁开双眼。

"那里有漂亮的楼房吗？"

"有哇，奶奶已经住在里面了。"

阳光好亮，好刺眼，我又赶紧眯上双眼，想象天堂里楼房的模样。

老屋又在阳光下唱起了歌。

老屋很老。那暗红色的瓦片兀自在阳光下闪着温柔的光，粉红色的光圈在空气中不断扩大，让人倍感温馨，有家的感觉。那高高翘起的屋脊撑起了前后两片不同的天地。后面是竹林的世界，前面是梧桐的天地。

竹叶翠绿翠绿的，让人感到生命的活力。风一吹，竹枝便轻轻弯下身子，用那纤细而温柔的双手抚摸着那粗糙不平的瓦片，轻轻地抚摸着，犹如一个母亲抚摸着自己怀里的婴儿。温情笼罩着我的身体，我梦见了妈妈，笑容悄悄爬上我的脸庞。哦，梦开花了。

前面的梧桐叶是风妈妈的孩子，风妈妈轻轻一笑，她的孩子便用小脚丫去挠瓦片爷爷的痒痒。"嗞嗞"，瓦片爷爷裂开干瘪的小嘴笑了。梧桐叶子更加肆无忌惮了。她们快乐地哼着歌，似乎想用歌声来润湿瓦片爷爷那粗糙不平的身体。孩子永远都是单纯而善良的，她们用自己的童心洗涤着尘世的尘埃，她们用笑容去感染每一个人；或许，她们只是单纯地快乐着，而那一刻，她们已成为人间最美的天使。

很庆幸，我还是一个孩子，一个拥有纯真和天使称号的孩子。

阳光懒懒地洒在瓦屋上，瓦屋在阳光中安静地眯着眼，惬意地打着瞌睡，任竹叶和梧桐在它身上闹着，笑着。

"爷爷，盖楼房时瓦屋会拆吗？"

"旧的不去，新的不来。当然要拆了。"

一片调皮的乌云遮住了阳光，我又睁大双眼，天空蓦地暗了好多。我仔细地打量着我周围的事物，一切都是那么熟悉。那截不是很高的石墙，上面依旧留着"子弹"的痕迹，还有我当木兰时威风凛凛的模样，嗯，还挺帅的；那很长很长（相对很小时而言）的阴沟，可是当时捉迷藏最好的藏身之地，因为阴沟的墙壁上有许多装红薯的洞，有时偷几个红薯出来烧着吃，挺香的；那片小小的橘树林也茂盛了许多，那可是我们玩过家家时的"洋楼"，在我们的精心布置下，橘树上开出了各种野花，长出了各种野果子，挺漂亮的。

还有，还有……我又眯起了双眼，笑容又爬上我的脸庞，回忆在阳光中搁浅，童年在梦中开花。

阳光透过竹叶犹如碎银洒在瓦片身上，整个画面犹如一幅唯美的湖中画，被一个调皮的小孩用小脚丫荡漾，只剩下那美丽的光圈。那一刻，我感觉我就是那个调皮的孩子，无知让我打碎了生活中许多美好的事物，小小的心灵被许多小小的烦恼占据着，可当那新的太阳升起时，我又会仰起笑脸和阳光接吻。

夕阳西下，残阳如血。

日升日落，那等在记忆里的画面犹如莲花般开落，残留的香味混杂着泥土的芬芳，那是爷爷身上特有的香味，那香味里有我最原始的记忆，有我最温馨的画面——老家的瓦屋在阳光下唱歌，那让我感到温暖和幸福的歌声。

回放镜头给老妈看

李昌盛

老妈，说句大不敬的话：您真烦人！嗨，您老还别激动，待俺回放几组镜头让你欣赏欣赏，你就不会认为儿子是在胡说八道了。

【镜头一】

周末。昌盛伏案苦读，时而眉宇紧蹙，时而拊掌大笑。老妈捧一本英语书嘟嘟囔囔走过来。

老妈：儿啊，"I don't know"这句英文是啥意思？

昌盛：可怜的娘唷，你说你一个园艺工人，连a、b、c都认不全，评职称还非得考什么洋文，这不是逼着猫吃咸菜么！我就纳了闷了，现在的中国人都咋了，干啥都得考洋文？（眼皮抬都未抬，腔调油滑）

老妈：废什么话，"I don't know"是啥意思？

昌盛：我不知道。

老妈：啥？你不知道？浑小子，还想拿老娘一把咋的？

昌盛：我不是说了么，"我不知道"。

老妈：好哇，你成心哪！别给你根竹竿就往上爬，"I don't know"是什么意思，你到底说不说？（啪！啪！昌盛干瘪的屁股重重挨了两下"五指山"）

昌盛：我知道，我知道，老妈，您老人家错怪孩儿啦。（一脸的"窦娥冤"，连连告饶）

老妈：臭小子，你是牵着不走打着倒退，知道还敢涮老娘，你这不找扁么！（又抡圆了硕大的手掌，作欲扇状）

昌盛：老爸，救命哪！……（仓皇遁逃）

【镜头二】

灯火阑珊时，昌盛网瘾发作，欲求不得，欲罢不能，痛苦万状。

昌盛：老妈，宽厚仁慈的娘唷，把开机密码告诉孩儿吧，有同学在QQ上给我留信息了呀。我举双手保证：一不染黄，二不胡扯，三不玩游戏。嘿嘿，亲爱的老妈，孩儿一定牢记"八荣八耻"健康上网，不会令你老人家劳心费神的！求您了，你看，孩儿这厢给您施大礼啦……（作欲跪状）

老妈：哦？哼！你撞见鬼了？为上个破网，脸腔都不要了？瞧你这副没出息的德性！作业做完了么？地板拖了么？自个儿衣服洗了么？

昌盛：拜托，就剩下几道破数学题啦，俺现在给挤兑得头也

晕，眼也花，就想上会儿网放松一下，您老就高抬贵手吧！（可怜巴巴地）

老妈：真想上？

昌盛：嗯哪！（嘿嘿，有门，软磨硬泡功开始奏效了，昌盛暗自窃喜。）

老妈：实在想上？好，老妈告诉你……

昌盛：老妈万岁！那密码是……（欢呼雀跃地）

老妈：I don't know!

昌盛：……（两眼发呆，晕倒）

【镜头三】

双休日。昌盛伏在一摞试卷上艰难地跋涉，隔壁突然传来老妈琅琅的读书声：关关雎鸠，在河之洲，窈窕淑女，君子好逑……（鲁西北方言版）昌盛心烦意乱，几欲发作。

昌盛：老妈，你在搞什么嘛？

老妈：在读《诗经》呀，宝贝。（挟一本书上）

昌盛：你没事吧？平时您可是一看书就犯晕哪。（起身摸老妈额头）

老妈：去，把手拿开！最近我读了一篇文章深受启发：当年作家老舍为引导孩子读书学习，故意躲在厕所里看书，结果，因受到父亲良好的影响，老舍的几个孩子长大后都很有出息……（庄重地）

昌盛：哦？如此说来，母亲大人对儿子我可是用心良苦哇。

老妈：呵呵，你明白最好，以后老妈每天都陪你学习，俺再也不看电视啦……（羞赧地）

昌盛：别，别，别价！亲娘唷，您老还是坚持看电视吧！

老妈：咋了？

昌盛：还咋了！我都让你吵死了，你让我清静清静好不好，啊？

老妈：……（愕然）

……

嘻嘻，怎么样，老妈？儿子没冤枉你吧？嗨！嗨！您老别走哇！咱娘俩接着看哪！哈哈哈哈！

父亲是位诗人

黄运强

　　我来自山村，那一年我跟随叔叔来深圳读书。记得我刚来新班时，看见同学们都穿着城市的衣服，而我依然穿着农村衣服，这让我心里产生了自卑感。我不敢和同学交谈，就一个人保持沉默。

　　有一次，老师要我填个人档案，档案中有一空格是父亲的职业。当时我心里极其苦恼，我是一个山村里走出来的孩子，我不怕条件艰苦，不怕跌倒疼痛，却害怕别人的歧视，说我是乡下佬，说父亲是个农民。父亲啊，你为何偏偏是个农民，让我在同学面前抬不起头。最后，那一空格我没有填上去，就这样搁着。

　　时间就这样过了一年，第二年暑假，我要回到乡下的父亲那里，帮家里忙农活。我没有向父亲诉说我在城里读书的"悲惨"遭遇，这也是没必要的，因为父亲根本没有时间来听我这无聊的诉说。

　　父亲是个勤劳的农民。每天早晨，太阳还没醒，山也还没醒，父亲就醒了。他用肩上的犁，划破山间小路上的黑幕。咳嗽声摇着树枝，惊醒了山。山的另一边，是块留有父亲脚印的田。呼吸着泥土的气息，父亲醉了，他摇摇摆摆地在田中移动，稗草没了，田埂的杂草也不见了，却钻出一排排的禾苗。一排排的禾苗，被父亲的手抚摸着，站得笔直。就像父亲教育我，要做笔直的人一样。

终于，禾苗和我，长高了。父亲背后的谷穗却弯了，那一列列整齐地低着，是在向父亲致敬。这又让我看见宽厚的古铜色的父亲的背，赤裸在故乡的土地上。身旁躺着金黄的稻穗。父亲的背是一把刻满花纹的弓。

太阳火辣辣的，没有风。父亲的手不停地挥舞着。稻穗一茬茬倒下，划过父亲的手，刻下一道道口子，殷红的谷粒大的血珠渗了出来，父亲头也不抬。

天空很蓝，太阳无情地放射它的金箭。父亲的背上下起了雨，沿着沟沟壑壑，在脊梁上冲出一条河流，熠熠闪耀着大理石的光芒。这光芒刺痛了我的眼，我的眼睛湿润了。不知怎的，父亲背上的汗水变成了泪水，涌上我的眼眶。

我的胸腔急剧膨胀，曾经平静的心海骤然掀起狂涛巨浪。我不知道是该赞美，还是感动，只觉得心里有苦涩的味道，艰难地泛起。

父亲的背，就像块不朽的碑，永远立在我的心上。

仍记得每当暮色降临，父亲撵着羊群，挥舞着手中的枝条，而我则伏在父亲那暖烘烘的背上。父亲的背像棵树，庞大、粗壮、参天、茂盛，让我感觉好舒适。闻着父亲身上那淡淡的泥土的清香，只觉得那乡间的山路好短，好短哟。

而父亲一路上背着我，一路唱着山歌。山歌成为一只自由鸟，穿梭于深幽的丛林，飞翔于广阔的蓝天，畅意地释放内心的激情。

很快，我又要回城里上学了。在我踏上来深圳的车时，只有母亲来送我。望着山头的那边，此刻，我读懂了父亲。父亲是一位沉默的诗人，古老的土地是父亲永恒的诗页。而此时，父亲仍然在上面艰难地播种诗行。眼前不禁浮现出他的身影，他正在雷电下穿行，在风雨中穿梭，他用雄奇的信念，击退了自然嚣张的恐吓。在天空之下，父亲辽阔的身影饱满了田野的视阈。我相信，父亲是一位高瞻远瞩的伟大诗人，他几十年来，用血液写着一首长诗。而我依然相信，若干年后，我该是父亲笔下的最优秀的诗章。

　　当我回到学校后，我重新拿起笔，充满自信和自豪地在个人档案中留下的空格处写下了，父亲是位伟大的诗人。

在季节的暖风里

李 信

骄阳·父亲·麦田

是谁腰身佝偻，注视着拔节的小麦情人？

是谁挥镰荷锄，催熟了庄稼颗粒的饱满？

父亲，你厚重的肩胛沐浴过多少季节的麦浪，你满头的白发飘飞着多少人生沧桑？

双脚之下，一片依依热土酝酿着汗水的芬芳。父亲，满脸笑容的麦穗可是你汗水浇灌的希望？

一声吆喝，雄浑粗犷的无谱歌谣沿着犁铧翻开的泥土撒播最初的希望，你黝黝的皮肤背负苍穹，背负骄阳。

一海碗烈酒引出一段段荡气回肠的传说。季节的背后，你伫立的背影仿佛雕塑守望麦田，守望大地丰满的粮仓。

啊！父亲，这夏季热烈的麦田，是你生命永不停止的风车。

针线·母亲·灯光

一柄秋后的瘦镰，是母亲腰身佝偻的姿势。

穿针引线的身影映在那盏灯下，也能构成一幅乡韵浓郁的木版画；高高挽起的裤脚，站在哪一片泥土上，写意着一首朴素动人的乡土诗。

锅碗瓢盆的交响在你的手里犹如乡音般淳朴动听，袅袅的炊烟飘扬着缕缕温情，一坛坛乡情般的酒，就在那含辛茹苦的日子里酿出了，浓郁的芬芳不醉人也醉心。

转动黎明的辘轳，转动你沉重的生活。稻浪起伏的田一道道横陈在你沧桑的额角，你的日子就在涨潮的麦浪里，一浪一浪涌进金秋。

你是一粒成熟的粮食啊！默默无闻的生命饱满而美丽。

站着，是一株满面金黄的麦子；

躺下，是一片谦逊丰腴的土地。

啊！母亲，这秋天沉落的霞光是你最美的容颜。

季节·风景·丰碑

你一站，站成了稻谷金色的童话；

你一站，站成了小麦挺起的脊梁。

高天之下，草帽蓑衣撑起一方信念，一尊独特的雕塑站立成田野上不倒的丰碑。

黑白日子流淌，田野的方格写满了希望的警句，那些早熟的庄稼在你的百般呵护下，梦里也带着恬美的笑容，毫不担心鸟会抢她做新娘，梦甜如露，美如花。

当雪亮的镰刀成为一个季节的风景，稻草人将金秋的丰硕递给了父亲、母亲，又一次在烈火中诠释着人生的真谛。

啊，父亲，母亲！季节的暖风里，你们站成我心灵中最美的风景，永恒的丰碑。

明白了父亲对我的爱

刘旭光

我一直相信父子前世是冤家，而今世做父子，是两家为了更容易找到对方来了结恩冤而在阴间签了合同要这样做的。

天知道我和父亲前世结下了什么恩冤，今世就"阴差阳错"成了父子。

听母亲说，在生我的前几天，当时还是一名建筑工人的父亲，由于工作的原因，依然每天背着自己的宝贝工具箱忙碌着。就在我出生后的那天，父亲本想去看看老婆（也就是我伟大的母亲）就去上班，结果到了医院才知道，我已经横空出世了，这样我和父亲便有了"今世"的第一次相见。那天父亲傻笑了一天，嘴里还不停地念叨着："我有儿子喽！"看来，当时他还不知道他已"引狼入室"了（我一直认为父亲是这样想的，因为他总说我"白眼狼"）。

当然，这都是我听说的，我根本就不记得——我那时毕竟连爬还不会嘛。我自己对父亲最早的记忆，是我大约两岁时，那时的我只知道妈妈和奶奶，还不知道世上还有"爸爸"这种人。我恍惚记得当时只是想：这个满脸横肉的人是谁？为什么总来我家，还老用脸上的"刺"扎我？于是每当这个男人靠近我时，我就号啕大哭，这也让我从小就和父亲有了"冤"，我也很少与父亲说话。

随着我一点点的长大，我也开始接受了这个叫"爸爸"的人。可随之而来的却是他几乎天天的训斥和三天一小揍五天一大揍。我还清晰地记得，父亲总是右手夹着烟，左手握着拖鞋，像审问犯人一样"审问"我，并以"坦白从宽，抗拒更严"的方式"处理"我。这样，也锻炼了我的奔跑速度和反应能力，多少次，我只要看到父亲脸色一变，就立即向屋外夺路而逃，因为他要冲我扔拖鞋了，但通常情况下我是跑不掉的，不过渐渐地，我从屁股被"击中"变成了腿，又变成了脚，有一天，我终于成功逃"险"了！唉！我真不明白，我前世做了什么，让父亲如此对我。我上学了，父亲还是和以前一样管教我，直到我小学二年级毕业。这之后，父亲竟不再管了，也不再用拖鞋向我"抛射"了。真是奇怪，我实在不明白他的做法。

后来，在父亲的话语中，我终于找到了这些问题的答案：当父亲每次看到有小孩被娇生惯养时，他总说："哪有这样教育孩子的，难道不懂'棍棒出孝子'吗？还说什么'孩子还小'，愚钝！'三岁看小，七岁看老'呀！这种孩子教育出来，和我儿子比差远了！"原来如此，父亲有他自己的教育理念，而我就是在他这种理念下的一件成功的作品，而且不仅是作品，更是骄傲！

父与子前世是不是冤家，现在的我已经不在意了，我只知道父亲们都可以称为雕刻艺术家，而儿子们，则是父亲们面前的一件半成品，只有将爱变为一把锋利的刻刀，然后用力雕刻作品上的不足，才能够雕出优秀的作品。我明白了父亲对我的爱，虽然它是硬朗了点。

春节叙事

陈书彦

序

　　火车在原野上不急不慢地行驶着，"咔嚓、咔嚓、咔嚓……"轮子与铁轨相碰发出的沉闷而单调的声音不断提醒着我：回家了，过年了。

　　是的，要过年了。而前年这个时候的我，正兴致勃勃地为制作我家门前的春联挥毫；去年这个时候的我，正拉着爸爸的手在超市里疯狂采购；今年这个时候的我，正坐在火车上，却感觉不到一丝过年的喜悦。

春 晚

　　贴对联，吃年夜饭，看"春晚"，是咱们家过年例行的三部曲。

在爷爷奶奶家吃完饭，我们照旧赶回家，准备看"春晚"。去年这个时候，我们一家挤在一张大床上，你挤我，我挤你地看着节目。当电视里响起一些经典老歌的旋律时，老爸便会情不自禁地哼上两句；当播出的是流行歌曲时，我也会扯着公鸭嗓加入唱歌的洪流中；而赵本山大叔的小品一登场，我们全家人都会被逗得人仰马翻。

今年，我选择了上网，空荡荡的客厅里只有爸爸妈妈静静地看着"春晚"。门外的鞭炮声此起彼伏，电视的声音开得老大，却冲淡不了家中的那份寂寞。

乞 丐

大年初一去泰山寺进香许愿，是我们家年年要做的事。

以前，去那儿之前都要好好准备一番，对我来说，最重要的是准备一大堆的硬币。泰山寺前有一座很短的桥，每年这个时候，都会有大量乞丐在那儿乞讨。于是，每次经过那儿，我都会把身上准备好的硬币分给他们，"叮、叮、叮"十几个硬币一连抛下去，发出好听的声响，接着我的心也变得特别满足了。

可近几年，心似乎渐渐变得麻木了。今年走过那座桥时，我明明有零钱，却不想施舍。爸爸以为我身上没钱，就抓出一把硬币递到我面前，我摆了摆手……爸爸有些惊讶，妈妈看到爸爸的举动，撇了撇嘴："哎呀，这些人都是骗人的，把钱给他们，你傻呀！"爸爸无奈地独自一人将手上的硬币扔到那些铁盒子里，"叮当叮当"地敲出一地的凄凉。

吃　饭

中午时分回到家，一时间却不知道中午吃什么。因为以前这个时候，邻居家的阿姨必定会喊我们一家去她那儿吃饭。门里门外，楼上楼下，大家聚在一起，有说有笑地在春节里撮上一顿。男人们吃完了再打会儿牌，女人们则沐浴在阳光下聊着天——反正是过年，那就好好尝一尝休闲的滋味。

但去年，我们阖家去了外地，这种乐子也随之消失了。现在，三个人在偌大的餐厅里索然无味地吃着饭菜。饭香，菜香，就是心里不香。

几天一晃，这年也就过去了。饭一吃完，妈妈又催着我去书房里学习了。我砸吧砸吧嘴，觉得自己过了年，又好像没过年。

结　语

年意，随着我的年龄的增长似乎已渐渐淡漠了。是因为学业的压力使我难以感受到盎然的春意？还是多愁善感的情绪随着年龄的增长已经在我的心中悄然滋生？我不知道。

——明年的春节是否还会如此？

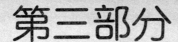

第三部分

梦想是一粒呼吸的种子

　　我一直相信，梦想是一粒沉稳呼吸的种子，放置在心房某一处，接受着强大生命的滋润、抚育，在某一个风和日丽的早晨，破土而生，像被魔力推动一般，长成参天大树，接住了满天晨光，捧出甜美的果子，月亮般的耀眼。

　　我愿就是那个寻梦的人，不断地从前人与自己的诗中催生梦想的种子。

　　　　　　——洪超《梦想是一粒呼吸的种子》

青春尚未散场

悠悠飘落

奇怪，真是奇怪。

外面明明满是阳光，可当我一走进教室，就觉得冷，坐在座位上就开始困，这就是教室特有的魔力。至少对我来说是的。

又又成双

这个人，我曾经说，她是我的梦魇，我甚至不知道那个比喻是否恰当。

她叫小双。我和小双，是无时不被一种表情连接的。对，那就是哭。更准确地说是我的哭让小双很无奈。可我也想知道为什么自己那么爱哭呢？冥思的结果是我大概是什么哭神转世吧。四天，绝对是我的记录，保持四天不哭，在一年的每个月都是少有的。碰巧赶上哪天情绪波动大时，可能会哭上七八次。

"要是把一年内的哭加起来，至少要有350次，求平均值，毫不夸张地说，平均每天会哭一次。"这段话是小双说的，听了之后我惊讶的不是我哭得过于频繁，而是她的数学真的是太好了。

当然了，那句真实想法，我是没对小双说的。

在我眼中，小双是个蛮骄傲的人呢，并且还深深地影响着我。我曾经问过小双，倘若我死了，你会哭吗？她总是说会的。而且还会很伤心。

不过，有点可惜，即使是的，我也看不到。小双她不爱哭，但是她很脆弱，我常想，如果她足够坚强了，就不再需要我了。

我努力去抓，才发现就真的像小双说的如流水那样，任由我怎么努力也还是抓不住。

我总是强调我不是疯子，可是从被人叫作疯子，到懒得去解释，久而久之，就真的成了疯子。就连小双也是这么说的。那么，小双，疯子她说只有小双幸福疯子才会开心。

那又为什么是又又成双？这是你生日前一天，我偷偷写在日记本上的。

双，疯子又哭了。

小双，疯子她又哭了。

结果呢，又又就成了双。

蜻　蜓

关于蜻蜓，还是有些说法的。

当然了，她不叫蜻蜓，似乎她是不太喜欢自己名字的，就叫她小荣好了。

蜻蜓这个称号来自我读一本杂志时冒出来的小灵感，文章里的一句话被我改成了自己的空间状态，"花，开在太阳下，等着情人呀，只是花未眠，一朵花的心事，不是一两只蜻蜓就能读懂的。"我也不知道为什么，改了这么个奇怪的状态，接下来就惹来了好多同学的评论。

比如说，"三四只能读懂不？"或者是"那蝴蝴虫和毛毛蝶一定能读懂。"而令我印象最深的是"其实蜻蜓它根本不想懂！"

我很纳闷地回复"你怎么知道？"

那人又回复"我是蜻蜓的祖宗！"

说实话，当时我都怒了，一查好友，居然是小荣！

不过最后这场战争还是平息了，而战果是小荣成了我的蜻蜓，我却成了瘦小的梨花，这个人物关系，大概还要提起幽灵。

上大自习，当我正以为天塌地陷的时候，小荣给我飞了一张纸条，"一朵花的心事，蜻蜓能知道吗？"

要是有相机拍下我下一秒的表情，一定怪透了，明明还在哭，却不和谐地笑了出来，她画的蜻蜓真的是太好笑了。

我回她："只要蜻蜓肯待下去那么一朵花的心事就是他们两个的秘密。"

那晚放学，走出去我对小荣说："每年我开花了，蜻蜓可都要来啊！"

"那你要早点开啊！"

"会的，我一定。"

转过头我已经泪流满面了，我这个人不太会用词，能形容哭的样子，在我脑中，似乎只有"泪流满面"，如果，一定要描述一下，那就是哭得一塌糊涂？

我还真是够笨的。就像小荣，老是叫我绿色的圆白菜，用她的语言来说，圆白菜就是白痴的意思，绿色的就是比一般的还要白痴一点的。

结果，我和小荣就有了种别人不知道的特殊关系。

花儿与蜻蜓的关系。

蜻蜓，在这里花儿要说，你是我最莫名的感动。

幽　灵

关于这个人还要从一首糟糕的诗谈起。

> 秋笛梨花涩
> 夜雨轻声歌
> 落涓心头泪
> 清眸恋幽仄
> 风急茕笑陌

秋笛的声音带着瘦小梨花的羞涩，雨夜是谁在轻声唱歌？泪水如涓般落在心头，清澈的眸子露着不安，风越急，你的笑越让我落寞。

这是我对那首诗的解释，小双说，这是那诗的现代版，而不是翻译。

可其实我们的心里都知道，这是一首藏头诗，还是关于幽灵的。

也就是因为这个人物关系，我被小荣叫作了梨花。

当然，幽灵他本名不叫幽灵，但我比较喜欢这么叫他，因为他总是以一种特别奇怪的方式出现在我周围，我跟小荣说他像个幽灵。但我知道这不是他的错，不如说，是我经常出现在他要出现的地方。小荣说得对，我是喜欢幽灵的。

可我不大想承认，因为小双也是喜欢幽灵的。

我一直很固执地认为幽灵是我的传奇，听着王菲的那首《传奇》，唱到想你时你在天边，想你时你在眼前，我就会想到他在球场打球的样子，我常常想得出神，觉得幽灵就像阳光，可以驱散我坐在教室的寒冷，让我的心底也被沐浴。

我想幽灵是特别喜欢雨的，看他在雨中走，我甚至有一种错觉，好像下的不是雨，是阳光，那阳光透过空气中的尘埃，照在我周围，让我睁不开眼。

只是，有点可惜的是幽灵还不知道我的名字呢。

周　周

心里的雨倾盆而下，也沾不湿她的发。

这是周周的一句歌词。

周周，对不起，我每年要哭300多次，所以我不能和你去拯救世界了，因为超人不能流眼泪。

这句对周周说的话，用了小双对我说的话出现在我对小双的话中。

这句话，好复杂。

我喜欢叫杰伦周周，这让我有种格外亲切的感觉，因为我对周周的喜欢还真的……该用什么呢？反正就是超喜欢。

应该说从小学开始，周周的歌就开始贯穿我的生活。喜欢听周周唱出那一串串歌词，好像在讲故事，他自己的故事。

就像超人不会飞，听歌词，会让人很心疼周周。

不要问我哭过了没，因为超人不能流眼泪。

周周，我一定做不了超人，因为他不会流眼泪。

生　日

关于生日，我只用四字来形容。

歇斯底里。

好吧，好吧。我承认自己词汇贫乏，但是我的脑中实在搜不出别的词来形容小双生日那天。

我曾经跟小双说过，今年的生日，我要你永远记得。

但是，这生日已过，再深刻也会被死死压在岁月的黄沙道上，没有哪阵风愿意吹起它，再深刻的回忆在岁月面前不过是一把黄沙。

小双，假如，我是说假如的话，我就把那段送给你的录音，录得再长一些，会多一些时间。假如，我是说假如的话，我就努力保护那些蜡烛，让他们少灭一些，假如，我是说假如的话，我就把一切安排得再好一些，不让那些警察发现。可事实上，明明我很努力，我还是弄得很糟糕。

我讨厌警察，明明我只是在给你摆生日蜡烛，他们却偏说我要自杀，还要带走我，切断了我给你放着录音的电话。我讨厌那晚的风，把点燃的蜡烛吹灭，我躺在地上，爬来爬去，就是保护那火苗，那蜡烛，明明是倾注了我们六年的情，可却被风吹得摇晃。

那一刻，我甚至想，那风不是风，是上了高中后我们的疏远，是我们不语皆知的幽灵，那风中摇曳的不是火苗，而是我们之间的感情。那火苗那么弱小，好像风再强一点，它就要灭掉。

我趴在地上，保护那火苗，就好像在保护我们的感情。

却忽略了我的眼泪也可以让它灭掉。

警察还是走了。居然是我让他们看我的校服，证明我是这座城市重点高中的学生，他们才放心地离开。原来一件衣服，可以让他们相信我精神正常。

除了"歇斯底里"我真的找不到更好的描述。

《玫瑰花的葬礼》和《越长大越孤单》同时响起，我才发现那两首歌一起播放是那么的不和谐。

我不敢看你的眼睛，小双。

因为我怕。我怕看见你的眼泪。

小双。我的礼物是那么的寒酸呢，寒酸到如同记忆中的黄沙，注定要被埋没。

可它们是我独一无二的心呐，独一无二到让我穿越记忆中的黄沙，来到六年前，我们手拉手，向前走……

越长大越孤单

你曾对我说每颗心都寂寞。

小时候满街跑，我不去管衣服脏不脏，不去管头发乱不乱，不去想别人的目光，我很开心么？

真的，我真的忘记了，但我清楚知道，那时我不知道孤单为何物。

　　现在我长大了。身边有好多朋友：有蜻蜓跟我一起飞；有小双，我愿意保护她做她一辈子的疯子；可以偷偷看幽灵打球，可以与幽灵"偶遇"。

　　可我还是孤单，因为我长大了。越长大越孤单，不是么？

　　从来没想过青春是什么。但我却紧紧抱着忧伤的过去不放，脚下死死地踩着现在，并打算着挥霍我的未来。

　　教室里依旧很冷，没有阳光照进来。

　　我不知道我的青春何处安放，但我知道，我的青春尚未散场。

第三部分　梦想是一粒呼吸的种子

十七岁的单车

刘寒禁

时光的倒影仿佛往回走。空气中弥漫着阳光的味道，身后被甩开巨大的空荡，就像记忆的空白。阳光明媚地笑了，我没看清你的脸。欢笑，忧伤，雨水，霞光。一路前行的风景，我们，也终究是风景。沿着轨道前行的人们，执着的不能回头。与青春渐行渐远。青春，永远是生活的一条渐近线。

一个人的旅途。

终于在午后3点昏沉地醒来，午睡时间被我贪婪地扩张了一倍。像一只慵懒的老猫蜷缩的身体开始了舒展，相反的是思维的僵硬。模糊一片，只是机械式地起来，走到窗口，天空干净得像婴孩的脸，有种想亲吻的冲动。有风，树叶被翻腾出些微的白。很安静，只有汽车引擎的声音，早上聒噪的鸟儿在安静地享受一个平静的下午。阳光移过窗口很远，光线柔和地打在成片的房子上。黄色的墙面反射出很温暖的颜色。在感觉自己恢复思维后，刷牙，洗脸，下楼。清脆的脚步声连同巨大的建筑被甩在身后。走出成片的阴影，身体骤然暴露在阳光下，裸露的肌肤有些灼热的感觉，强烈的光线灌入左眼的瞳仁,有些发胀(被火柴烧了三次的刘海很严实地遮住了右眼)。突然发现生活竟被大片的空白悄悄填满。就像对面寺庙传出的佛经声一样,听不懂,也弄不明白,对于我们这群在青春里疯狂的孩子来说毫无意义,只不过是一个过程。过了,也就完了。对了,我们还是孩子吗?假象的借口。现在才发现以前把生活比作水是个多大的错误。其实每次去买矿泉水都会认真地挑自己喜欢的牌子。会分辨出不同牌子之间细微的差别,有些很难喝。并非把生活理得如此拘谨,只不过是习惯,就像我只用水晶牙膏一样,三年前就养成的习惯而已。

自己也就习惯了这样走下去吧!那些在雨季里的日子,那些被强加的情感,以及所谓的青春。

离自己越走越远。和自己的轨迹并列。

在QQ上碰到以前的同学问我一个人在那边应该早就习惯了吧。是的。早就习惯了。习惯了微笑着面对一张张熟悉或是陌生的面孔,却不知道脸部一直僵硬下去。习惯了在山上俯瞰灯火,橙色的灯光把山谷染成金黄,会在八九点钟的时候走上街头,欣赏着小摊主人熟稔的手法,总有小贩的吆喝声,一切都在安静的街灯下享受着,会毫无目的地游荡在熟悉的大街,一条长满了香樟,一条覆满了枫树。沁人的绿叶繁茂得像孩子天真的笑容,偶尔会折下一片,撕碎,会有香味弥散开来,就这样踱过一个个与小巷交接的路口,影子被拉得单薄。街灯扮演了守护者的角色,守护着或喜或悲的人群,被枝叶过滤的昏淡灯光,投下稀疏的斑驳阴影,洒下一地的忧愁。有多少人独自走过。在一个个灯火骤亮的傍晚我看见一群群的毕业生拖着笨重的旅行箱走向站台,他们会在城市的另一端换乘火车离开这座城市。当光线被完全吞噬时有多少人睁大了双眼,惊惶得不知所措。一幕幕的告别上演在离别的车站，我是一个旁观者。空气里生长出巨大的忧伤。我看见一张张面孔消失在玻璃后面，外面是挥动的手影。一切都被引擎声终结。时间导演了这一切，你我都是戏子，没有配角。我该说些什么台词呢？当我背着行囊踏上最后一班车离开时，会有什么样的心境呢。是否会有依恋，是否满是悔恨。那时的我们，青春也应该终结了吧！我们是否还记得那青春的誓言，那些不老的谎言。

我们的轨迹就此被活生生地劈成两半，和自己并列。一条奔向坟冢，一条延伸向未知。

在静默得只剩呼吸的夜晚，总是让自己熬到凌晨，然后睡去。看书，听郑源、许巍，更多的是小刚。其实，并不是想很晚地睡去，我只是怕过早的醒来，会恐惧破晓的天空。无垠的空白会吞噬一切，连同最初的信仰。蜷缩在黑暗里的人们，看着灯火渐渐地灭去，炽热的空气滑过喉头，夜仍在继续。睡去的人也会醒来，顺着人生，向前，一直下去。

一个人的寂寞公路。17岁的单车。

梦想是一粒呼吸的种子

洪　超

　　诗是属于有梦想、有才情之人的杰出的创作，诗人将自己的所思所感、人生体会融入了凝练的字里行间，佐以勾画的阴晴圆缺以及隐藏在阴晴圆缺下的宏图、梦想。

　　"商女不知亡国恨，隔江犹唱《后庭花》。"在杜牧对醉生梦死的现实凄怆的声声斥责中，我寻得盛唐气象不再，文人墨客的怅然与悲愤。

　　"断鸿声里，立尽斜阳。"萧疏的霜秋，夕阳残照中，飘荡着柳永流之不尽、挥之不去的牵情。我寻得友人间浓墨重彩的依依惜别。

　　"而现在，乡愁是一湾浅浅的海峡，我在这头，大陆在那头。"余光中流连于儿时魂牵梦萦无法割舍的大运河边，究竟是物是人非还是人是物非？我寻得游子心头一抹瑰丽的眷恋。

　　好诗是值得咀嚼的，感悟成败得失，体会人生百味。我也摊开稚嫩的手，牢牢地掐住自己心头的光荣与梦想，泼文洒墨。

　　因为诗同样是属于年轻人的东西，是梦想最精彩的诠释。

习惯了，将乱糟糟的意识流思绪硬生生地分割成一个个长句短句，再拼拼凑凑赋予形式。或许那只是一曲干涩的童谣，或许，那只是小小的我无意间记载下的哼哼唧唧。

我，奋力地撰写。将钢笔"噔噔"地蘸蘸墨水，一遍遍地拜读自己粗糙肆意的章节。总是偷偷地在墨水中掺入丝丝墨汁，在笔尖清飒辽远的墨香中遐想。

我寻得了凄苦，寻得了少年人难以排遣的哀愁的怨梦：

> 罗径斜，
> 秋风冷。
> 颙望倩影映不映？
> 垂帘唯有梧桐影。

我寻得了挂念，寻得了少年人魂牵梦萦的青涩的忆梦：

> 天上月，
> 颊畔灰云环紧。
> 夜久春寒风更紧，
> 同我吹寻纤纤影。
> 倦容凝残月。

我寻得了距离，寻得了少年人一腔不甘的激昂的怒梦：

> 想墙里佳人笑，
> 踟蹰来路。

惜纳兰浅斟低吟，

商山无踪四皓。

今朝回首深巷，

佳人何在？

到底男儿爱壮志，

赚取功名牵系。

我寻得了恋情，寻得了少年人一起慢慢变老的美梦，只可惜，多了一份现实：

莫相问，

怕相问，

相问未知否。

西北矗高楼，

孔雀东南飞。

缠绵道上鸾凤，

娴雅弄青枝。

犹忆意中人，

奈何人南北。

回过神，笔尖留驻的小块留下小摊墨迹，笔尖上沉淀下大煞风景的脏兮兮的炭黑。小心翼翼地撕下残页，负气地捏成一团远远地抛出视野，摇着笔杆子继续搜索残存的思绪。唰唰翻页——只是一个眨眼，便从洪荒翻到了桑田。

一直那样写，所爱的与所憎恨的，浸淫着飘飞的墨香，泼洒出丑丑的扭成一团缩得瘦瘦小小的字，心中，升腾的却是或兴奋、或失落、或自豪的感情。

字字都可以令埋藏着的梦想跳跃。哪怕是浑身肢体顷刻瓦解搅碎也要伸手紧紧把握住的随时可能逃窜的梦想。雪花盛放了又枯萎，宛如短暂的相聚和永久的离别。

梦想，趋于清晰。我狠狠地剖开诗，挖出那连自己都可能忽略掉的心底欲望结成的梦想。牢牢地，我抓住它，一如一个溺水者揪住最后一根救命稻草，拉扯着重新安置回自己的胸腔。即使不美，也不会放弃那一丝细微的悸动。

可惜，很多时候紧紧相随的是无法排遣的失望。梦想，很多时候云烟般易散，只是一厢情愿的臆想罢了。但，我无法赞同，无法拥有"我挥一挥衣袖，不带走一片云彩"的洒脱。我，只愿在自己的诗歌中狂奔，在那一片荒芜中开垦自己的思想。

我一直相信，梦想是一粒呼吸的种子，放置在心房某一处，接受着强大生命的滋润、抚育，在某一个风和日丽的早晨，破土而生，像被魔力推动一般，长成参天大树，接住了满天晨光，棒出甜美的果子，月亮般的耀眼。

我愿就是那个寻梦的人，不断地从前人与自己的诗中催生梦想的种子。

青春的长度

孟祥宁

　　春暖花开，阳光正好。微风吹过发梢，听着音乐，沿着操场跑道的边缘漫步，低头数着自己迈过的步子。

　　7分钟，从食堂走到教室的时间。比起青春的长度，应该是很短的吧，可我们的青春年华，还剩下多少个7分钟？那些无意中被冷落的青春，现在却再也无从找寻。

　　星期七，一周的最后一天。从星期一到星期七，是一个轮回，生命就处在这不断的7天然后是下一个7天中。每天都有不同的风景，不同的心情。

　　17岁，一个花季少女的年龄。不知道该喜还是忧，突然很不愿意长大，突然很怀念儿时玩过的游戏，突然听着听着歌，眼眶就有些湿润。

　　很小的时候，每当看到那些大哥哥、大姐姐，他们骑着单车，耳朵里塞着耳机，一副悠然自得的样子，我却不得不背着书包，继续在林荫道上慢慢地走，眼睛里流露出无限羡慕的光。当自己真的长大了才发现，小孩子看到的，永远只是我们骑着单车飞快掠过的身影，却永远感受不到，肩上背的书包的重量。

于是开始试着回到过去，像孩童般蹦蹦跳跳，却发现自己的步伐竟是那么沉重。试着卸去伪装的面具，露出曾经那些纯真笑脸，干净的不带一丝杂质，却发现脸上的笑容早已僵硬。

不知道是时间把我们改变，还是自己把自己改变。

初春的阳光，既不那么粘人，也不会让人感到寒冷。微微斜落在地上的影子，散发着一丝丝遗憾与淡淡的伤感。

我喜欢低着头走路，并不是自己不想面对现实，也不是自己害怕众人的目光，只是这样，可以离自己的心脏更近，更能听清心跳的声音。

低头走路，但要让梦想高高飞翔。

听到有人喊我的名字，抬起头，一张干净白皙的脸，白衬衣在微风中摇摆，和小时候一样，他总喜欢穿一件干净的白衬衣，皮肤却也一直那么白皙。他抱着篮球，冲我莞尔，我羞涩地打个招呼，很久没有联系过了，现在我们都变高了，长大了，再也不是曾经一起玩过家家的小屁孩了。那个时候满手沾满泥巴，也会想象成是甜蜜的巧克力酱。

现在还会玩幼稚的游戏么？我们都自以为成熟了，翅膀硬了，能够为生活奔波了，却也丢了些什么。

我们互相点头微笑，然后他与我擦肩而过，我轻轻扭头，嗅到了他身上散发的清香，像刚长出嫩叶的柳枝，像刚开出的一朵小花，像春天的味道，阳光的味道。

此时我们的影子，被阳光拼凑成了一幅完整的图案。

继续享受阳光的温暖，享受只属于孩童时代的漫步，却怎么也无法走出像猫一样优雅的步调。

远处的天台上站着一个长发飘飘的女孩，看不清她的表情，但能感受得到，她向往蓝天、向往自由的渴望的目光，这里的每个人，都是向往的吧。

　　穿过一个走廊，墙面上贴满了学生的作品，五颜六色的画，各式各样的人物。自己的屋子，曾经也贴过画的，一张墙满满的，现在也早已被我丢进了废纸箱，和那些无穷尽的卷子混杂在一起，才显得那么绚丽多彩。现在看起来笨拙的不规则的线条，那时却是熬夜趴在爸爸高高的书桌上，一笔一画认认真真描绘的，描绘的是对未来的美好憧憬，现在多少感到一丝失望。

　　很多东西，很多事，很多人，也都被我们遗忘在了废纸箱里了吧。

　　5楼的高度，我怀抱着书本，气息均匀地向上走，我想象自己在登天，只要一步一步地走，总有一天可以触到云彩。

　　身边来来往往的学生，我们素不相识，却也因为某些缘分在这里相遇。一生中也会遇到无数个素不相识的人，虽然素不相识，但我们每个人都怀抱着同样美好的理想。

　　还有三层，两层，一层。

　　阳光透过教室的窗户，无论在哪里，总能捕捉到她的身影。

　　水瓶中的水熠熠发光，映射在天花板上形成一道道波纹。像老去的人的皱纹，总有一天，我们也会这样，染上岁月的沧桑与无奈。

　　那么也要微笑，面向阳光。

　　5楼的高度，虽然不会触及云彩，但我们的眼前，却充满了彩虹般绚丽的色彩。

风中的红衣舞者

周巧玉

风起了，一个个红衣舞者旋飞着，悄然落地。

正是落叶归根、百花凋落的时节。在这寂寞清静的山林中，消失了那些赏花的人群和蜂围蝶阵，只有稀稀落落的几只小鸟用嘶哑的歌喉在光秃秃的树梢上轻吟浅唱，仿佛在诉说着许多愁丝、无奈。天边的晚霞红得刺眼，一群南飞的大雁匆匆穿越了云海……

漫步在由淡红的、暗红的花瓣铺就的小路上，我的心百感交集：为这些可怜而又绝美的花儿叹惋，也为这凄美悲壮的景色所陶醉。我不知道我是不是可以踏在这条花道上，但隐隐中仿佛有一股力量阻止我这么做，于是我面对着这条"小道"站立。

一阵寒风掺杂着丝丝凉意从远处袭来，我不禁裹紧了外套，却见又一阵"花雨"飘落了下来，这是怎样短暂而又绝美的一瞬啊！我很庆幸我采撷到了这样凄美的画面：微风中，无数朵残花抖动着身躯，频率时快时慢，旋律起伏跌宕。我知道，那不是对死亡的畏惧和退缩，而是在生命的弥留之际的从容和洒脱。一片片花瓣犹如一个个红衣舞者，骄傲地舞动着衣裙，等待着生命最后的辉煌。又一阵微风吹来，成百上千朵花瓣齐刷刷地从枝叶中脱落，仿佛有着心照不宣的默契似的，毫不优柔寡断，毫不拖泥带水，动作完成得干净利落。

啊，这一个个红衣舞者脱离了束缚，摆脱了羁绊，在风中翩翩起舞。她们旋动着，摇曳着轻盈的身躯，点点残红在空气中燃烧着，照亮了半边天。她们慢慢地舞着，舞着，仿佛早已陶醉其中，享受着这一生仅一次的殊荣……终于，它们离地面近了，更近了。但她们还是舞着，舞着。庄严而满足地投入了大地的怀抱。对呀，无私的大地才是她们的家！娇艳的容颜能短暂地吸引游人的视线，而一旦红消翠减，又有谁会有这份闲情逸致去在意她们的残容呢？扑鼻的芬芳能引来辛勤的蜜蜂，可一旦香消玉殒，又怎会瞧见它们的踪迹？只有大地肯收留她们，于是千万朵花瓣"零落成泥碾作尘，只有香如故"。

我俯下身子，用手拾起了一捧落花。我轻轻地凑到鼻尖，一股暗香还是那么沁人心脾，只是味儿稍淡了些罢了。我将这捧花瓣微微托起，才看见花儿的轮廓依旧是那样清晰，错落有致的脉络间书写着一个春秋的沧桑，一个生命的辉煌过往……

我小心翼翼地将这些花瓣装入囊中，放在家中制成标片也未尝不好。我站起来要离开的时候，又一阵微风吹了过来，我知道又一群天使要降临了。果然，身后传来了花朵振动的沙沙声，花朵落地的簌簌声以及风吹动花瓣的颤颤声。

寻梦，在胡同

王思思

在江南长大的孩子，对细雨绵绵的青石板小巷总有一种说不出的情愫。青花布小伞，撑开了头顶一片成长的蓝天。伞尖的水滴总是随着银铃般的笑声一同飞溅出来，在雕花窗棂之间刻出年轻的痕迹，掷地有声。

胡同就是北京的巷子，但胡同和江南的巷子不一样。胡同不适合旋转，不适合撑青花布伞，不适合飞奔和肆意地欢笑。北京的胡同是屋宅之间挤出来的无法称之为路的路，是被现代都市越挤越窄的黑白年代。

远看狭窄不可过人的胡同，走过去，还能伸开双手，感受青砖碧瓦上苔迹斑斑的沧桑，感觉凝固在斑驳之间的苍茫岁月。胡同虽窄，两面的窗瓦虽多，却没有摇摇欲坠的感觉。墙灰一层一层地覆盖着无数个过去的时代和过去的人的灵魂，他们在无声无息中保佑着胡同里的匆匆路人一路平安。坚实的墙带来家的温馨，走进去就感到宁静和安全。

走着走着就会来到拐角、三岔口或者热闹的街口，眼睁睁地看着红门青瓦暴露在繁华都市的背面。热闹、繁华、喧嚣是与胡同格格不入的，可是现代生活就意味着热闹、繁华、喧嚣，黑白年代的胡同被庞大的历史车轮越碾越窄、越碾越脆弱，就像慈祥安逸的老人，静静地等待着那个注定时刻的到来。

时间斑驳在砖缝瓦沿，岁月褪色在和风清雾之间。

胡同就这样被现代孤立着，孤立着。对于喧嚣来说，街头巷角到底意味着什么？胡同的岔口通向繁华，岁月的岔口又通向哪里？

我喜欢随随便便地站在胡同的某一个犄角旮旯里，抬头看天。胡同的上空有数不完的云彩、零零落落的鸟雀和白猫闪过墙头的背影。喜欢凝望胡同两侧屋顶刻画出来的天的形状和风采。屋顶排列成什么样子，那一线天空就是什么形状，只取它应得的那一部分，没有一丝的贪婪与张狂——也许这是胡同才有的朴素与魅力——浮华都市的上空被错落不齐的高楼大厦划得支离破碎，根本看不出是什么形状，是破碎还是完整；纵然有无数的霓虹点缀，也无非是残缺不全的罢了。城市的天空被如箭的高楼逼迫着后退到无穷高远的地方，凄楚寒冷地远离人的世界，只在遥远的地方怯怯地看；而胡同上空的天却温柔地附在胡同顶上，温暖着胡同里的每一方天地，温习着胡同里每一丝和谐的气息。

可是为什么胡同只剩一线天空，都市却还将这条线越减越短……

胡同里数不尽的是红门旧锁，矮房旧居。皱纹深陷、颤颤巍巍的独居老太太，袒露着干涸的泪眼，平静地怀念着早已离开的老伴，把一腔思念洒在旧窗外盆栽的红花绿叶上，久而久之竟也播撒出一片漫溢的馨香来。我一直诧异于老妪们的神力——那么矮小的窗架上下、方寸之地，竟能种下五六十盆花草，而且盆盆花香四溢、绿意醉人，是什么力量让她们轻而易举地做到这连花匠都难以完成的奇迹？扬着脸蛋儿的花花草草在舒展的花瓣和新叶上写下了答案：是一代代人续写的胡同文化的神韵，是续写胡同文化的代代生命的力量。

植物吐着新鲜的气息，从胡同角的矮窗架一并蔓延开去。这些现代物质是在装点着胡同，还是在慢慢地吞噬着一切？红门旧锁尘封了什么？胡同文化又被尘封在哪里？

我的双手顺着藤蔓，在红门旧瓦上细细摩挲，父辈年轻时飞驰在自行车上的样子又复映在斑斑老墙之上，岁月在车轮下飞驰而过，停在白发苍苍的今天。小小的颓废，是藏匿在胡同角落里的原始和曼美。胡同的命运会怎样，我不知道，也不忍知道……

细雨黄昏，我又回到江南的青石板小巷，那个刻着我的童年的地方。一时间竟难以习惯雨巷的宽阔和喧闹；我想我是融进胡同的沧桑里去了。突然明白了胡同角上屋檐滴水的意义：滴水穿石，滴不破的是时光的积淀。每一个走过胡同的清晨黄昏的人都可以了解，你可以，我也可以。

人生如棋

王丽芳

静下来，才发现人生犹如棋局。

棋艺既讲究布阵，又须随机应变，水到渠成。棋艺讲究攻守得当，通观全局，把握主动，攻心为上。只顾抢攻忽略防守，易遭人暗算；只守不攻只能导致故步自封，进退维谷。对弈是智慧的对垒，也是双方心灵的交锋。在许多看似平和而内藏杀机的棋局中，较量的是个人的定力、胆识和心智，挑战的则是双方的冷静、洞察和自信等。有耐力、不轻易服输、力求反败为胜则是擅弈者在对弈中的执着精神。

人生何尝不像是在对弈？只不过人生对弈时首先挑战的就是自己，或战胜怯懦，或与困难搏斗，或在情、名、利间徘徊。这就是一场对弈游戏，但人生的对弈又比棋局更高一个境界。它不仅需要技巧、智慧、良好的心理素质，更需要人自身的宝贵财富——品行。人生之路如大海，表面看似风平浪静，但在蓝色的海面下有着礁石、鲨鱼……一旦天色乍变，还会有吞没船只的惊涛骇浪。试想如果没有竞争拼搏、迎难而上的品行，即使有对弈时的机智、胆识、技巧，又怎么能度过这一关？当你在情、名、利前举棋不定时，你没有超越自我的品行，又怎能摆脱名利的诱惑，而注重亲情、友情、爱情呢？在人生的对弈中，品行可谓是战胜自我的保障。

人生对弈不仅要战胜自己，如下棋般，更多的时候是迎接别人的挑战。在这个社会里，到处是挑战，如一盘棋摆在你面前，一旦开始，便是一场鏖战，不论攻守，难免有一番惊心动魄的厮杀。人生对弈，蕴藏着无穷的智慧和凝重的艰辛。正因为充满艰辛，于是不少人绕道而避开"艰辛"。有人以虚伪穿梭在对手面前，有人以欺诈蒙蔽对手，有人以残忍的心态击败对手……于是，有的人失去同情，有的人失去诚信，有的人失去责任……可谓形形色色的人戴着不同的面具来比拼。当然，他们有的人获得了成功，或权倾一时，或享尽荣华富贵，或名利双收。但这种人生对弈亵渎了棋艺的精神，为人所不齿。这种胜利是暂时的，因为一个人的品行如棋子，落错了终会付出沉重的代价。楚灵王即位时本是楚国强盛的时期，但因残忍骄纵而众叛亲离，最终亡国。三国时期的吕布，勇猛无比，因他三易其主，最终为自己的不诚不信丢了脑袋。蒲松龄文中也有"狼亦黠矣，而顷刻两毙"。因而，在人生对弈时，坚守"品行"能以诚信赢得对手尊重而获得人生良机，坚守"品行"能以责任约束自己而实现自己的人生价值。

下棋有胜负之分，当然也有和局，而人生对弈却没有和局，非胜即败，足显人生的珍贵。但在这珍贵的人生中，"品行"就是举足轻重的一步棋，但愿每位朋友都能下好这步棋。

阳光西游记

赵成枭

一缕阳光，是淡泊名利的心境；一缕阳光，是怀才不遇的愁绪；一缕阳光，是刻骨铭心的思念……

——题记

杳杳的钟声摇曳在空中，它惊醒了我的美梦，静静地，偷偷地，"啵——"我跃出了地平线，开始了西行的旅途。

一

我停歇在郁郁葱葱、苍翠欲滴的丛林上空，忽然发现了一座古寺刺破树梢，偷偷探出了一角。飞鸟相互应和，呼朋引伴。一条蜿蜒曲折的小路，斗折蛇行，明灭可见。婀娜多姿的野花争奇斗艳，卖弄着各自的姿色。好一个世外桃源！

正当我陶醉其间时，一位衣冠楚楚、文质彬彬的人在小路上漫步而来，他手持折扇，一会儿眺望远方，一会儿轻嗅花香，好一番浪漫情怀！

我纳闷了，便从针缝般的叶丛中穿透过去，来到了他的跟前。

"你正值青春年华，为何还有闲暇来观赏这自然美景？"

"是啊！我是年轻的，可我的心已衰老了，是世俗名利让我失去了斗志与活力。只有来到这儿，倾听悠长的钟磬声，在万籁俱寂中感受深远的禅意，内心才会平息世俗风波，变得沉静。"他意味深长地说。

"噢！"我会意地点点头。

"我真渴望自己也是一缕阳光，能拥有闲适自得、淡泊名利的心境，穿梭在天南海北。"他羡慕地望着我。

"是吗？其实你已经做到了！"说完，我便高兴地和他告别了。

二

告别了古寺，我又来到了崇山峻岭之中。这里峰峦如聚，波涛如怒！

两岸高山，皆生参天大树，翠绿欲滴，随风轻舞。山峦附势竞上，直指天空。蝉婉转鸣叫，猿仰天长啸。河水咆哮，急湍甚箭，猛浪若奔。

这时，一位身穿粗布麻衣、一脸愁绪的人站在山巅，仰天长叹，壮怀激烈！

"眼前如此美景，为何你却长叹连连？"我好奇地问道。

"唉！我得罪权贵，遭贬至此，壮志难酬，怀才不遇呀！"说完，他又连连长叹。

"真是悲哀呀！"我同情地说。

"我真渴望自己也是一缕阳光，能自由洒脱、不受羁绊、无拘无束地放射万丈光芒！"他羡慕地望着我。

"是吗？总有一天你也会出人头地放射光芒的。"说完，我便又启程了。

三

经过一天的跋涉，我终于临近西山了。

一汪波澜不惊的江水，倒映着我的倩影。鱼儿畅游其中，皆若空游无所依，俄尔远逝，往来翕忽，似与江水相乐。一排排历历在目的汉阳树和芳草萋萋的鹦鹉洲点缀其间。江上烟雾袅袅，如梦如幻。一栋楼阁耸立江岸，蔚为壮观。黄鹤一去不返，只留下空荡的天空和悠悠的白云。

一位英气逼人却满脸茫然的男子立于楼上，悲叹道："日暮乡关何处是，烟波江上使人愁。"

"天色将黑，为何你不回家，在此忧心忡忡呢？"我疑惑地问道。

"家？我是一个游子，常年在外漂泊，风餐露宿，哪有什么家呀？"他哽咽着说。

"唉！"我忍不住长叹一声。

"我真渴望自己也是一缕阳光，有一个温暖舒适的家，天黑也好有个归宿啊！"他羡慕地望着我。

"不要伤心，总有一天你会找到你心中那个家的。"说完，我恋恋不舍地消失在天际。

一日的西行，我懂得了许多人的渴望。作为一缕阳光，我希望每个人如我一样，都有一份淡泊名利的心境、一个展示自我的舞台、一个温暖舒适的家园……

醉人梦语

黄　思

　　也许再也没有什么动物能拥有像人类这样丰富的语言了，从人类开始成为人类的那一天起，它便伴随着出现了。而中国的语言，则始终是一颗令人瞩目的耀眼的星。

　　沧海桑田，潮起潮落，历经多少次改朝换代，见证多少荣辱兴衰，中国的语言始终生生不息、薪火相传，显示出巨大的生命力。语文，蕴藏着一个泱泱大国五千年的文明史，凝聚了世世代代中国人的创造与智慧，是历史与现代的完美结合。

　　语文与我，仿佛已不是两个个体，它流淌在我的血液里，生长在我的骨髓中，已是我身体的一部分。它使我想表达，表达一种最原始而又细腻的情感——好像我活着就为了表达。

　　当情感到达了一定的境界，便不是语言所能表达的了。以至于我想说，却不知从何说起。当对一件事物的感受从四面八方涌来时，我便开始混乱，像一个急于表达自己感受的婴儿，说着没有人能听得懂的梦话。

　　是的，没人能听得懂。

我想，无一例外，凡是热爱语文的人都是热爱生活的。

李白潇洒豪放，"黄河之水天上来，奔流到海不复回"；鲁迅以国事为己任，"横眉冷对千夫指，俯首甘为孺子牛"；冰心爱儿童、爱自然，文风清新脱俗、典雅隽秀……语文是一种生活状态，始于生活最平凡处，来自于热爱。

热爱语文的文人们常常是孤独的、脆弱的，世俗的人们也许永远也无法了解他们的痛苦、敏感和矛盾。他们站在时代的最前端，徘徊于现实与梦想的边缘，在深潭淤泥中挣扎着向往光明，最终，有的破茧成蝶，有的被碾成飘忽的粉末，看不见，寻不着。有谁能想象，当海子卧在车轨上听着隆隆车声滚滚而来时是怎样的一种绝望；有谁能想象，张爱玲生命结束时是怎样的一种落寞。可谁能想象，他们曾经竟是那样的坚强和达观。"先天下之忧而忧，后天下之乐而乐"，"安得广厦千万间，大庇天下寒士俱欢颜"，一些人给世人以希望和信念，可自己却宁愿窘迫不堪。

我热爱语文，但不愿疯狂。我只想感受，感受语文展示的奇妙多彩、绚丽缤纷。感受"两个黄鹂鸣翠柳，一行白鹭上青天"、"日出江花红胜火，春来江水绿如蓝"、"青箬笠，绿蓑衣，斜风细雨不须归"的诗情画意，感受"长风破浪会有时，直挂云帆济沧海"、"人生自古谁无死，留取丹心照汗青"、"愿将腰下剑，直为斩楼兰"的豪壮情怀，感受"桃花潭水深千尺，不及汪伦送我情"、"谁言寸草心，报得三春晖"、"春蚕到死丝方尽，蜡炬成灰泪始干"的真挚深情……

但要强调的是，我这里所说的语文并不是我们为了应付考试而必须去学的语文。我讨厌把一篇优美文章解剖得七零八碎，讨厌写陈腔滥调的应试作文，讨厌把语文课变成传授所谓拿高分的技巧工具……

　　我一向为那些连自己国家的语言都不热爱而跑去学别国语言的人感到羞耻。中文是我们的标志，标志着我们从哪里来，使命是什么。让我们永远都铭记，自己是黄皮肤、黑头发的龙的传人。

　　醉人梦语，不知所言，但愿没有越过写作文的"禁区"。

第四部分

阳光的脚步很轻

她把捡来的五彩梦
贴在翅膀上
她从不高飞
因为载着梦的重量
但小蝶却悄悄告诉我
梦跟颜色一样轻

——高璨《梦跟颜色一样轻》

阳光的脚步很轻

（组诗）

高璨

风到过哪里

风迈着轻盈的步子
穿过了草坪
小草听得见风的问候
却挽留不住风

风的鞋上一定沾过世界各地的泥土
风的眼睛一定目睹过许多珍奇

风旅行过哪里
我不知道
风从不留下照片

风啊风
不过我知道
你刚来过我家
因为那调皮的稿纸
到地上玩了

小虫行走在我手上

躺在草地上
看头顶上的白云
奇异地变着魔术
悄悄地
一只小虫爬上我的手
我望了它一眼
不再理会
小虫爬到我指缝
这是一条不平坦的路
路上有一个个沟坑
有几次小虫就要跌落
但它仍然艰难走过

小虫一定在笑
说不定还唱了首歌
我不再注意白云的魔术
起身回家
我要告诉妈妈
我和小虫有了一次亲切的交流

镜子和狗

导盲犬
在盲老人去世后便被抛弃
街头独自流浪
有一天奄奄一息
看见一面镜子
里面有只
跟自己一样的狗
流浪

导盲犬上前舔了舔
感觉那只狗也在舔自己
两只狗轻摇尾巴
一起躺下
导盲犬挨着镜里的狗
感觉另一个心脏跳动

另一种体温存在
直到不知不觉

镜子很温暖
她的心第一次跳动
第一次有人对她这么亲密
导盲犬和镜子
睡在这个城市的一个角落

阳光的脚步很轻

阳光的脚步很轻
他来的时候
没有惊醒熟睡的小朋友
也不惊动森林中快乐的小鸟
只把黑暗驱走
当他吹响鸟鸣时
大地已是一片灿烂

阳光落进池塘
没有打扰水中小鱼
停止小草虫的歌唱
只是送了池塘姐姐
一袭金黄的轻纱

我站在青草地上
阳光悄无声息藏我背后
我转过身惊奇发现
握了握他的手
手顿时也变成金黄

梦跟颜色一样轻

一只花翅膀的小蝶
在树梢间穿梭
在花朵中畅游
她在捡梦
捡遗忘在花蕊里的梦
捡遗忘在树梢上的梦
捡遗忘在叶片下的梦

她把捡来的五彩梦
贴在翅膀上
她从不高飞
因为载着梦的重量
但小蝶却悄悄告诉我
梦跟颜色一样轻

冬天到了
小蝶把一串串五彩梦
编织一起
挂在树枝下
回味一个很长
很长的梦……

一小段青春（组诗）

原筱菲

石榴初绽

一种柔软的红
让花期绵长
像水珠
欲飞 欲滴

即使花落
它小巧的果子也会在
叶子的指缝间偷偷膨胀
像女孩的
一个个小幻想

翘翘的小嘴

依然像一朵花开
它圆润
圆润得光滑 简单
它渐渐泛红
红得诱人
红得饱满

小石榴绽开后
让你看见酸甜甜的颜色
小石榴可以做成裙子
让男孩们
拜倒一生

一小段青春

我知道我在跳舞
身边还有一只学飞的小鸟
将至的秋
不是只有凄冷的呼吸

果子由青变红
我和鸟的舞步
零乱而别致

天上的星

是我们的脚印
相约在瞬间
编排成跳动的节奏和音符

如落花在春日里定格
一小段青春在秋天的草坪上
凝固成与你共舞时
短暂的对视

说起荡漾

很多孤独的树
不必记住

秋虫的悲鸣里
吮吸月光的植物一一睡去
归鸟的翅膀
仍然舞动在风雨深处

说起荡漾
万物都如此润泽
那些干净的水和
被水洗白的石头
还有石头上雕刻的星光

最先到达的事物
总是最先离去
静默
不能收留所有的芬芳

永远的嫁妆

无法企及的遥远
只需候鸟轻轻掠过

飞翔是瞬间的闪电
离弦之后
随箭锋一起抵达

我有梦
不能诉说
只能搭上候鸟的迁飞
它却在浓雾里失踪
如梦中桃花
雾散后
不知在何处飘零

寻来一根鸟羽
把它收藏在首饰盒里
短暂的飞翔

成了我永远的嫁妆

漂流瓶

我把许愿的细沙
轻撒进这蓝色的瓶子
投入海浪　那片洁白的花海

愿望的梦贮藏在
自己小小的夜空里
我守着梦　似乎要长眠不醒

没有涛声　没有世界那端的回音
岁月之外的水鸟吟唱着天空的寂寥
我的向往无法向
愿望中的孤岛投寄

我知道我的沙不会靠岸
不会握在另一个人的手中
就和我一样
只是漂在一个
永不启封的瓶子里

城市猎物（组诗）

小笋子

鹿

鹿在墙上踱步
它是透亮的
长了两片儿蜻蜓的翅膀
而手脚若隐若现

就剩下了天空
天空便把城市所有的墙染蓝
在蓝色的墙上
偶尔开出一小撮灌木和花朵
也是透亮的
鹿会微笑地看着它们

好久好久
然后再忧伤地吃掉它们

象

象挂着一条粉红色围裙
在一间厨房里
它很小

象推着一辆脚踏车
在一条斑马线上
它比三只灯还小

象用星星肥皂洗了个澡
在夜晚的喷水池里
它比星星还小

象的鼻孔开了一朵白苜蓿
在一个小女孩跟前
它是那么的小

袋鼠

大袋鼠钻进裁缝店

藏了一口袋布头
袋里跑出了一只很大的袋鼠

很大的袋鼠溜进报纸摊
塞了一口袋的草纸
袋里跑出了一只非常大的袋鼠

非常大的袋鼠满街打转
捡了一口袋易拉罐
袋里跑出了一只超级大的袋鼠

超级大的袋鼠哪儿也去不成
口袋空空的
它很生气
就把城市一个折叠
丢进袋里走了

海　豚

海豚躲在巨大的画框里
种蓝色鼠尾草
打紫色的领结
涂鸦各种各样的坟墓与葬礼

会馆里的人进进出出
海豚掩饰着背上细微的汗珠
露出乖巧的样子

海 星

海星想吃一个小孩

电影院的小孩神秘地看着它
美发店的小孩矜持地看着它
地铁站口的小孩威严地看着它
溜冰场的小孩冷酷地看着它

海星突然觉得没胃口了

在回大海的路上
坐着旅游车的小男孩
看着它惶恐大哭
海星好高兴地吃掉了他
回头露出了一个清亮的眼神

考 拉

考拉住的小塔

第一层
是从不打开的塔门
第二层
水晶般的孩子吹着气球
第三层
年轻的新娘烤着蛋糕
第四层
安逸的太太们铺开许多碎花布
第五层
头戴皇冠的一家人呀
天天亲吻着互道晚安
第六层……第七层……
幸福的人睁着明亮的眼睛
幸福的人还没睡醒

而考拉
它一直在塔尖
抱着一口从不敲响的钟
沉沉睡去

斑　马

斑马是一个世界
杯具们沿着它的线条行走

斑马坐在房间里
把打碎的杯具像恒星一样
镶进罗盘
完好的杯具就用画笔给它们
勾勒黑白的图案

摇曳的风筝（组诗）

施少秋

白色的云朵

一团团
白天染黑红云
弧线划破天际
小鸟飞驰而过

但，只有你
像粉红的棉花糖
朵朵吊坠在
不见天边的天池
等着天鹅吸食

彩虹妹妹
拉拉我的手
冲着我傻笑
原来
她饿了
想窃取我的棉花糖

不行不行
这是白云妈妈给的
我不愿意
——好吧好吧
因为我们是
好朋友
等你吃饱了
再陪我去看
恒星，流星吧
我现在
要去为我的孩儿们
准备伙食啦

摇曳的风筝

长长的，短短的
拉长着，紧绷着

风筝——
从草地上爬起
带着点点尾屑
飘向天空

我不知道
为什么？风筝会飞
哦 哦 哦
耷拉着尾巴
叽叽喳喳地说—
是松鼠弟弟的功劳
可是当它说着时，又抱怨
为什么不把我放远点
用这天地肮脏的线
拉扯着我
我要回家
我要回家

小女巫出来了
挥一挥魔棒
金色的银丝没了
我不见啦
掉咯，掉咯
不能飞了，飞了
我要回家

第四部分 阳光的脚步很轻

131

我要长大

松鼠嘘了口气
忙打掉身上的灰尘
对着远去的风筝
哈哈大笑

小绿嘴鸟

你说
那是不是你故意
落在我衣襟的领口的
不是吗
可是小绿嘴鸟呢喃地向我述说
啊，不如
我请它们来吧
它们可以和我一起玩耍咯
于是
它们张着嘴巴
乘着纸飞机
奔驰而过
呼，是的
就是你们
说吧

有什么特殊的目的

啊，原来是一朵吸足雨水的饱满的云
告的密
请告诉他
我喜欢小绿
美不胜收的缤纷的奇葩

那么
从现在起
我一定要回馈一份礼物
他的名字叫
祝福

好吧
风已停，花已开
我要去寻找北纬的天空了
但现在
先小憩一会儿
因为我好累好累

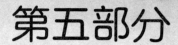

第五部分

狐狸林的太阳升起来了

　　——在这束最纯净的阳光中，它的灰色完全褪去，露出如金丝一样亮丽的皮毛！直到阳光消失，它美丽的金毛仿佛还像太阳一样闪烁着光芒。大约是感受到了前所未有的温暖，小灰狐在梦中抽抽鼻子，嘴角露出了可爱满足的笑容。

　　——慈琪　《狐狸林的太阳升起来了》

针团花开

苏笑嫣

空气微微泛着潮湿，天空中偶尔划过一两只大鸟，高亢几声便不见了踪影。

女孩一个人坐在车站的长椅上，摇摆着她的双脚，两只小羊角辫也一翘一翘地晃个不停。

女孩的到来有着莫名其妙的缘由。

那天，针团花开得正茂，屋子里盈满的都是女孩最爱的花香，夹杂着些许牛奶的味道。女孩轻轻拉开帘子，推开装有巨大落地窗的房门，花园里，各种缤纷的颜色织绘出一块巨大的五彩麻布，把天空和云朵都映得五彩斑斓。花丛中的这条狭窄的小径是女孩的最爱。雨后的泥土总是那样的细腻、湿润，小径中撒满被雨水打下的花瓣，一个个娇羞怯怯，使得潮湿的空气中总会扬起泥土与花瓣混合的芬芳。女孩记得，小时候的自己总是爱摇曳着那身粉红色的小公主裙，一蹦一蹦地沿着这条小径跑过去，直到到达那棵老柳树为止。

当年，老柳树可是一个漂亮的姑娘，苗条的身材，动人的身姿，一双羞羞答答的大眼睛总是引来无数的鸟儿高歌赞美。最美丽的，还当数她那一头的长发，那样的柔顺光滑，矜持地遮住老柳树的半边脸庞，更添了几分妩媚。

那时，调皮的女孩总爱和小伙伴们在老柳树附近做捉迷藏的游戏，无意间女孩竟然发现，在老柳树的树干上有一个树洞！不过平日里在老柳树长发的掩盖下，大家都没有发现它罢了。女孩机智地引开了小伙伴们，在心里藏起了这个秘密。

从此以后，女孩总是独自跑到树洞里玩耍，独自纳凉、独自过家家，生气时她便躲进去嘟着小嘴，看大人焦急地在她身边喊着找过去再独自偷笑。

后来，也不知怎的，老柳树病了。她那一头的长发脱落得无影无踪，只有身上的芳香和女孩的关心依旧。

每天傍晚，夕阳西下的时候，女孩总是会拖着她长长的背影准时来到老柳树的身边，安慰她，给她讲故事，而每次老柳树都会"沙沙"几声，算是回应。

可是，一直到女孩也已经长出了长长的黑发，老柳树的长发也没有再长起来。

那天黄昏，女孩拿了一把剪刀到老柳树面前，"咔嚓、咔嚓……"几声就将自己的长发剪了去，仅留了能梳起两根小羊角辫的长度，说："我陪你。"

女孩像往常一样，轻轻地蜷进树洞，突然她发现，洞里放着一张淡蓝色的信封，打开看来，第一句话便是：想治好老柳树的病，到这个地方来。

于是女孩莫名其妙地按照地址踏上了前往的火车，几番周折，又莫名其妙地到了这个不知名的小地方来。

"是小诺吗？"一个声音在女孩耳边轻轻响起。

女孩转头看去，说话的是一个年纪和自己相仿的女孩，戴着一顶圆圆的礼帽，穿着一身米黄色的连衣裙，裙角上绣着自己最爱的针团花，正有些羞涩地向她微笑着。

"我就是小诺。"女孩答道。

"那么，跟我走吧。"

一路上，两人并没有多说话。这是一个偏远的小地方，道路异常的崎岖，偶尔还会有植物挡在路上，那女孩便会帮小诺拽起那些杂乱的枝条，才转身向前走去。一次，女孩不小心被枝条上的小刺刺到了手，却也只是嗖了声，道了"没事"，又继续前行。初次的见面，小诺对女孩充满好感。

到达小木屋之前，还在小路上，小诺便嗅到了一股熟悉的香味。她跑过一个转角，眼前的景象令她惊呆了——面前是大片大片的针团花田！小诺从没有见过这么多的针团花一同开放，在太阳的照射下，它们像大地的火焰在燃烧，燃烧得那般的热烈而又旺盛！小诺情不自禁地跑了进去，她在它们之间疯狂地穿梭，任它们干涩的叶子抽打自己的脸庞。她的头发上、鞋子上，她的白色连衣裙上，霎时都染上了那些花粉的金黄，待小诺从针团花田的另一头跑出时，她已浑身上下都闪烁着金色的光点，宛若一个金人。她呼哧、呼哧……地笑着喘着粗气，一抬头，看见那个女孩正在吃惊地看着她。

两个人在一起聊了很长时间。女孩叫小墨，读音和女孩小诺的名字差不多。两个人同年同月同日生，同样喜欢夜晚坐在梯子上和星星一起读书……两个人同样喜欢针团花。唯一不同的是，两个人，一个生在农村，一个生在城市。

世间竟还有这样巧的事。

信，并不是小墨写的。小墨只知道，是两座山后面的阿银婆婆那天来告诉她，有一个叫小诺的城市女孩会到这里来，需要她去接，并告诉了她一个医治老柳树的土方子。其余的，小墨并不知道很多。只是从那以后，小墨每天都要到车站去一次，就是要接一个叫作小诺的女孩。

小诺听了虽觉得有些奇怪，但更多的却是感动。她知道，每天来回走那条路并不是一件容易的事。

小诺说，她想见见那位阿银婆婆。小墨却低下了头，道，婆婆她已经去世了。

第二天清早，小诺醒来时小墨已不在房间，只是自己的床头放着几只针团花，还带着露水。不一会儿，小墨便回来了，说："你醒了，走，带你去看我的宝贝！"

两人走到一个小屋子里，小墨缓缓拉开一只抽屉，小诺惊喜地发现里面有着一些罕见的小玩意儿，例如胡桃壳做的顶针、漂亮的小鹅卵石串成的手链……一件件都小巧玲珑、惹人喜欢。

"小诺，这个送给你。"小墨拿出一只用檀香木制成的卡子，上面缀着毛线编成的针团花，甚是可爱。小墨给小诺别在了她蓬松的头发上。

从这天起，两个人开始配药。

两个女孩一起去刨老槐树的树根，一起去找隐藏在山林深处的草药，一起去刮灶台里的灰，一起站在屋檐下可怜巴巴地等待着雨水的降临……做这些时，即使两人十分的劳累或是已惹了一身的灰尘，却都不忘望向对方，相视一笑。

最后一天了，小诺和小墨默默地熬了一大锅水，将那些药材都扔了进去，同样将它们也熬成了水时，锅里就只剩一点液体，两人将这液体装进瓶子。小墨一路将小诺送到车站，谁都没有说话。

那辆火车，终是把小诺带走了。小墨这时终于松开了已被咬破的嘴唇失声痛哭起来。火车上，小诺一样的泣不成声。

小诺把药水洒在老柳树的树根下，老柳树果然奇迹般地迅速长出了叶子。一天、两天、三天……老柳树的枝叶愈发浓郁起来。那天，小诺想象从前一样蜷进树洞里，她轻轻拨开枝条，那个树洞却已不见踪影！只不过，在从前树洞的地方，小诺又一次拾到一封信。

"小诺，医好老柳树的，并不是那张土方子，而那个树洞只是你心里的一方空虚。现在，那片空虚已经被填满，老柳树的树洞也便随之愈合了。"

小诺突然明白了什么，她的眼前恍惚映出一张羞涩的笑脸。

小站上，蓦地划过一个扎着两只羊角辫女孩的身影，她穿过一片金色的针团花田，向着一座小木屋跑去，口中喊着些什么……

狐狸林的太阳升起来了

慈 琪

一

小灰狐在树林里漫无目的地散步。

它现在觉得肚子很饿，脚爪也有点抬不起来了，在厚厚的落叶上发出了颓丧的沙沙声。这对狐狸来说是不能原谅的——脚步声会吓跑傻乎乎的松鸡和胖墩墩的田鼠，那么，它的肚子只会感到更加空虚。

然而小灰狐此时并不想抓田鼠，也不想逮松鸡。它正在烦恼着另外一件事。

要知道，狐狸林是一片很大很大的常绿松林，绵延不绝地铺在平缓的山坡上，绕过金湖和风信草地，一直到远处那道险峻的大峭壁才停止。那峭壁仿佛一把剪刀，将这松林的边缘修剪得整整齐齐，而狐狸们也很自觉地在这块被石头所围起的狩猎场里活动，从来没想过要出去，面对自峭壁上方呼呼刮过的大风。

小灰狐也是。自从它在铺满柔软松针的树丛中出生后，就没有出过这一片宁静的土地。这里简直就是狐狸的天堂，没有熊或野猪那样的凶猛恶兽，也没有扛着黑乎乎猎枪的人类，更没有可恨又可怕的大雕伤害小狐狸，只有一些性情温顺的动物如猿猴、雪羊、羚牛和角马生活在松林中的风信草地上，慢腾腾地寻找嫩草和浆果，与狐狸相安无事。

而可供狐狸生活的食物却遍地都是：行动笨拙的松鸡，鲜嫩可口的鼠类，浑身是肉的短耳野兔，还有一种特别傻的胖麻雀，经常在睡觉的时候莫明其妙地从树枝上掉下来——一只就足可以让成年狐狸饱上半天。

作为这片松林中的最高统率者，狐狸们很是负责地管理着松林的秩序。除非饿肚子，它们决不去骚扰松林里共同相处的居民们。这让狐狸林的气氛十分和睦，狐狸们也不用担心食物的问题，而去在意其他事情了。

比如说外貌。

松鸡爱将花花绿绿的羽毛蓬松起来招摇，野兔和地鼠也喜欢把自己的脚爪和脊背弄得光可鉴人。这是美丽和健康的标志。

而狐狸呢？这里的狐狸都有一身奇异的金黄皮毛，毛尖上还隐隐泛了一层薄薄的紫色。在没有月亮的晚上，松林里仿佛燃起了一团团大小不一的烛焰，摇曳生姿。

但每每在同伴们展现自己漂亮的皮毛时，树林最阴暗的地方总会蜷缩着一只小小的灰色影子。

那就是小灰狐。

在松林里，小狐狸一般都是3月出生。到了7月流火的时节，它们就褪去了稀薄的灰色皮毛，转而披上高贵的金黄色礼服。然而7月过去的时候，小灰狐还是老样子，只是灰毛厚了一点。再接下来，8月，9月，10月……一直到次年的三月，同年的小狐狸都已经满一岁了，高贵的金狐狸舞步也走得有模有样，它还是一只灰蒙蒙的小狐狸，这真让它沮丧不已。

如果不止它一个是灰狐狸就好了，可事实上，除了它以外，自己家族和别的家族里就没有出现过杂色的同胞。这种异常使得它非但在家族里不讨喜欢，还惹得一些猿猴和角马的嘲笑：

"瞧啊，那块咕咕响的灰石头！——你为什么不把自己埋到土里去呢？"

小灰狐恨恨地冲它们磨牙：别那么嚣张，我的牙齿可不比那些披金色皮毛的家伙钝呢。

总是被耻笑的滋味真的很不好受。所以现在，它打定主意要使自己变得正常起来，做一只堂堂正正的金狐狸！

可是……到底该怎么办呢？

二

突然，不远处响起了一个它从未在狐狸林里听过的声音：

"狐狸林，狐狸林……那个该死的地方到底在哪里！"

它好奇地停下脚步，盯着一个不速之客从峭壁那边骑着一根芦苇秆飞了过来，一头怒火地摔倒在满地的落叶中。

从芦苇秆上下来的是一只晃来晃去的破袍子。那袍子里装的是一个邋里邋遢的奇怪生物，一脸焦躁的怒气。很明显，他的脾气非常不好，因为他用尽力气把那块磕着他下巴的石头砸进了旁边的金湖里，尔后又对着溅到身上的水渍无谓地大发雷霆，好一会儿后，他才开始在那里东找西找着什么。

终于熬不过自己的好奇心，小灰狐冲那怪物问了一句："请问，你是不是在找狐狸林？"

怪物不耐烦地瞥了这只灰色的小狐狸一眼，胡乱应了一声："该死的，是啊。"

"这里不就是么？"

静了几秒。

"你想开我玩笑吗？"他怒气冲冲地叫道，"噢，该死的，大名鼎鼎的该死巫师可不会被一只小狐狸骗倒！"

小灰狐眨巴眨巴眼睛，很是无辜："可是，这里的确是狐狸林啊。"

"胡说，我从我的水晶球中看到过，那狐狸林里全是金色的狐狸，而你却是灰色的——这一点你别妄想否认！所以，这座该死的破松林绝对不会是狐狸林！"

对自己叹了一口气，小灰狐耸耸肩："哦，好吧。既然你坚持这么认为的话，就祝你好运吧。希望你能早日找到'真正的'狐狸林。再见！"

该死巫师从鼻子里重重哼出一声，作为告别。

小灰狐则慢吞吞地摆尾走开，很快将注意力转移到了一只松鸡身上。

这次的运气不坏——腾扑了三四次，就得到了一顿流油的晚餐，心情好多了。至于那个粗鲁的陌生家伙嘛，管他是什么怪物还是巫师，找狐狸林什么事，反正没人会在意它这只不起眼的灰狐就是啦，计较那么多做什么。

然而没想到的是，两天后的傍晚，小灰狐又在狐狸林的另一头遇见了该死巫师。当时，它正卧在一株老松树下想着它的心思呢。

"怎么又是你？"

这回见面，一巫一狐异口同声地叫了起来，该死巫师尤其愤怒："该死的，难道那只指路的老天鹅骗了我？怎么转来转去，又转到你这里来了？"

"你问我，我还不知道问谁去咧。"小灰狐嘟囔道，"不过老实说，这里的确就是狐狸林，你两次都只碰到我这只狐狸林中唯一的灰狐狸，也算是你太不幸运了。"

怀疑地盯它良久，该死巫师终于放缓了语气，慢吞吞地说："好吧——就算它是好了。那么，既然你是狐狸林土生土长的狐狸，就一定知道太阳是从哪里升起来的，不是吗？"

太阳是从哪里升起来的？

小灰狐愣了一下。

三

它当然知道太阳是从哪里升起来的。狐狸林中所有的狐狸都必须知道这件事情。

——即使它披着灰色的皮毛，即使树丛家族中所有的长辈们都对它的素质表示怀疑，慈爱的妈妈依旧在它一个月前的成年礼上，告诉了它所有狐狸林的秘密。

"小灰狐和所有的孩子一样，有知道这些的权利。"它还记得妈妈晃着所有家族中最最迷人的大尾巴，温柔地告诉它，"听着，孩子：不要在月圆之夜去金湖抓鱼；不要对着北极星嗥叫；不要试图去捕捉长耳朵的兔子，那只会使你饿上一整天……最后一点，也是最重要的一点——不要对狐狸林外面的人物泄露那个最重要的秘密：太阳每天清晨在金湖心的金莲花里升起时，千万不能打扰！"

对着林中最高的那棵银松起过誓后，小灰狐就是成年狐狸了。既然成年了，怎么能破坏自己的誓言？

于是，面对该死巫师的敏感问题，小灰狐不假思索地摇摇头。

"我就知道。"巫师大大地哈了一声，"你是个愚蠢的冒牌货，连作为标志的金皮毛都没有，还敢说你是狐狸林里混出来的！"

一再受到侮辱，小灰狐再也按捺不住了。它的瞳孔燃起了两簇火苗，在地上狠狠地蹭一蹭爪子，一步一步逼近巫师——

突然，从松林深处窜出了一只金狐狸，与小灰狐撞了个满怀。

"喂，小子，你怎么还在这儿闲逛？"没待小灰狐开口，那只漂亮的狐狸公子就急匆匆地叫道，"还不快和弟弟妹妹们去收集落叶搭建落叶台？哥哥我今晚得去金湖邀请太阳了，在这之前你要是还拖拖拉拉的话——"

它突然缄口，警惕地瞥了一眼站在旁边的该死巫师，随即一摇尾巴："别说那么多啦，快做你的事情去！"

于是小狐狸暂且放过了那个不懂礼貌的家伙，匆匆跟在哥哥后面遁入密林深处。

留下那激动得胡子都在发抖的该死巫师独个儿在原地不停搓着手。

很好，那灰狐狸所言果然不虚……

那么就该进行下一步行动了吧，他似乎马上就要成功了——毕竟，为了成为世上最有威力的巫师，他已经准备了整整两年。

四

邀请太阳的聚会不是很频繁，两季度一次，由狐狸林中的四个狐狸家族轮流负责举办。每到这种时候，家族里最最漂亮的金狐狸就会得到这一神圣的殊荣：为聚会邀请太阳。

这天晚上，太阳将乘着会飞的金莲花来到空地上，发出范围不大但十分强烈的金光让狐狸们沐浴其中。离太阳最近的狐狸会沐浴到最多金光，那么它的皮毛也会更加富有光泽、更加美丽。所有的狐狸都十分重视这一年中仅有两次的机会，好使自己变得更加迷人。

当然，邀请太阳的狐狸一路金光照下来，它得到的惠泽也必然多出一大截来。

这么个好差使，当然人人都想抢，小灰狐也不例外。它用羡慕的眼光看着那些美丽的哥哥姐姐们，祈祷着让自己邀请一次就好；但它深知，想成为邀请太阳的狐狸，首先得把自己该死的毛色变掉。

它只能在每次的聚会时，努力让自己沾上更多的金光——但即使有那么几缕金光照到了它的皮毛，却总是闪了闪就消失了，它的皮毛依旧是灰色，一点变化也没有。连金光都没办法改变自己的毛色，恐怕永远都是丑小鸭了，永远……没有实现梦想的可能。

唉，命运是多么不公平啊。

就像现在，它捡完了落叶，一身尘土地摸黑跑到金湖旁偷看邀请太阳，而哥哥却在不远处吟唱神曲，身上的皮毛熠熠生辉……

请将花瓣打开吧，金莲花
尽管劳碌的主人已经歇下
我们——太阳的忠诚子民
金狐狸发出真诚的邀请
邀请最伟大的君主光临我们的聚会
哦，请出来吧，尊贵的客人
今晚的星光早已洒下

缓缓地，夜色蒙蒙的湖面上像吹过了一缕神秘的微风，几点金光闪现了出来。接着，一朵硕大的金莲花在靛蓝色湖水中盈盈开放；而那高贵而浑圆光洁的太阳，也随着花瓣的层层打开显露出来，周围缭绕着金色的雾流。

压抑下敬畏的激动心情，小灰狐毕恭毕敬地伏下身来，将嘴吻搁在自己的爪子上，看着哥哥朝太阳鞠躬："向您致敬，尊贵的君主，请允许我为您带路吧。"

好的，一切正顺利地进行着，金莲花脱离了它的蒂部，载着太阳优雅地飞向岸边……

"嗖！"

湖面上的金雾已经渐渐散去了，而太阳却在快到岸边的时候，连同坐骑金莲花一起，被吸入了一只不知从哪儿来的黑钵内！

可怜的小狐狸倒吸了一口冷气，惊恐地怔愣在那儿，动弹不得。

那黑钵如同一个肆无忌惮地狂笑，嘲笑着太阳的弱小。带着尖利的呼啸声，它飞速旋转着，很快飞向湖的对岸，融进了远处浓墨色的山林。

小灰狐呆愣愣地望向哥哥，后者正绝望地喃喃道："这下，整个家族都不会放过我的！"

小灰狐刚想跑过去，让哥哥和自己一起去寻回太阳，却听它自言自语地往密林深处跑去："不知是什么怪物弄走了太阳，我肯定敌他不过，还是先躲起来吧，家族应该不会追究我的过失的……"

哥哥溜走了，现在怎么办？小灰狐抬头看看夜空，月亮已露出了峭壁之巅，皎洁的月光清亮亮地挂在松树的枝梢上，映得湖面一片琳琅。

聚会差不多快要开始了，在此之前，它必须要把太阳找回来！

五

绕过广阔的金湖，小灰狐匆匆向黑钵消失的方向追踪而去。冰冷的夜风中还残存着太阳被挟过时几丝温暖的气息，凭着狐狸灵敏的嗅觉，它断断续续穿过了松林、草地，翻过了一个个山丘，最后来到了高大的峭壁脚下。

半个多小时的奔波让小灰狐的后腿直打战，毕竟那奇怪黑钵的速度可比它四只小爪子要快得多了。它举起前腿搭在峭壁上，仰头费力地搜寻太阳残留的气息。黑黝黝的峭壁如一道绵延不绝的大屏风，阻隔了它的前进道路。最后的线索表明，黑钵毫无疑问是飞到这里来了，它得追出去吗？

唉！别说它了，狐狸林里从来没有狐狸出去过，只有那些飞来飞去的家伙们才能随意出去作长途旅行，回来后再告诉它们好多疯狂有趣的冒险经历。听说外面有想象不到的奇异景象，有比金湖还要宽的大河；有一座座奇怪的灰色巢穴，一种叫作"人"的生物会在晚上躲进去睡觉；还有个地方全是黄澄澄的沙子，有一种背着肉包的动物在里面走来走去……多好玩！

可现在小灰狐没心情去想象。仰首看了看那高不可攀的峭壁，它气馁地缩缩脖子，苦恼地伸出爪子抓挠峭壁底部坚硬的岩石。突然，它的爪下迸出了几颗小火星，一块松动的小石子打在了它的肚子上，脚下的大地忽然震动了起来。

毫无防备的小狐狸吓坏了，肚子紧紧贴在地上，连耳朵都伏了下来。

大地继续猛烈地震动着，小灰狐从来没经历过这么可怕的事情，晕头晕脑地伏在地上很久很久，连什么时候地震停止了也不知道。

许久，小灰狐睁开了眼睛。这一看，它既惊讶又后怕——怎么，它的身边竟堆满了峭壁上崩落下来的碎石，却没有一块砸到它的身上，真是幸运！

而千百年来未曾撼动过的峭壁却裂开了一个大口，从里面吹来了一阵阵新鲜的风，夹带着一种它从未闻过的气息。小灰狐眯起眼睛，战战兢兢溜了进去。穿过怪石嶙峋的一线石道，不知走了多长时间，跳上一块挡在道中的磐石，它的面前豁然开朗，出现了一个新的世界。

外面的风不像狐狸林中的那么柔和细微，强烈刺激着它的感官——风中夹杂了不少新鲜的味道。从未闻到过的香甜的、咸涩的、干燥的风从四面八方吹过来，托起小灰狐，带着它飞过好大好大的湖泊、好密好密的森林和好高好高的山川，还有好多好多睡着的动物被风吹醒了，仰起头来，看到一只会飞的灰狐狸从头顶经过，惊奇地发出各种各样的叫声……在月光的清辉中，山川、湖泊、森林和动物们的身形都清晰可见。

小灰狐从自己被风托起来的奇迹中回过神来，立刻被底下的壮阔山河吸引住了。

它头一次觉得自己所居住的地方是如此狭小乏味且无聊。

最后，它乘风飞向了无边无际的大海，并被放到了一座冰山的尖顶上，那儿有一座冰堡。刚一接近，它就被一阵从堡口传出的狂笑声惊得退了好几步。

那笑声——好熟悉呀！

六

"我真是太强大了，我的咒语可以控制该死的太阳！"果不其然，它见过两面的该死巫师正得意地坐在冰堡之中，嘲笑着被束缚在金莲花上、无法挣扎的太阳，金莲花的蒂部被锁到了钉在地上的一个被施了魔法的大铁环上。

小灰狐冲到该死巫师的面前，愤怒地大叫："你这个强盗，快点把太阳还给我们！否则，我们整个狐狸林都不会放过你的！"

该死巫师先是被突然出现的小灰狐吓了一跳，尔后蔑视地看了它一眼，冷笑起来：

"真是该死的笑话，我堂堂巫师难道会怕你这只弱不禁风的小狐狸么？不过真想不到你竟然还会追到这儿来，不容易！这样吧，我仁慈的胸怀也不允许我对一个手无寸铁的对手加以迫害，只要你留在这里，充当我的助手，让我能够用太阳光把所有的东西都变成金子，我就能把你变成一只最漂亮的金狐狸——难道你不想么？"

"你——你要把所有的东西变成金子？"小灰狐吃惊极了。它怎么不知道太阳光还有这种神奇的功效？

"没错！有了那么多金子，我就能成为国王！"该死巫师满眼贪婪之色，转而又试图引诱小灰狐，"怎么样？当我的助手吧，你会得到很多好处的：我会赐给你成堆的金子、一身漂亮的金皮毛，每天吃最珍贵的肉羹、最好喝的天然露水……你还能带着随从到全世界去旅游！该死的，这可比你一辈子待在那小小的狐狸林里要强多了吧？……"

他眼睛望天，得意扬扬地说完一大段，原以为小灰狐已经迫不及待地跪拜在他脚下乞求他的恩赐了，可小灰狐完全没听他讲话，而是溜去了一旁，奋力拔着那只铁环，试图救出太阳。

"该死的，既然你冥顽不灵，就别怪我不客气了！"他怒气冲冲地抓住它的后颈，把小勇士整个儿拎了起来，扔进旁边一只大笼子里，然后拂袖而去。

笼里早已关押了一只奇怪的动物，此时，它满怀同情地望着愤怒的小灰狐，说："算了吧，你反抗又有什么用呢？"

小灰狐诧异地看着这只黑背白肚，长着扁嘴、短腿和一对短小的鳍翅的胖家伙："你是谁？"

对方苦笑了一声："我是一无是处国的企鹅首领，被当作人质关押在这里，好让那个巫师有借口奴役我的臣民为他修建冰堡以及为他服务！他已经整整两天没让我吃饭了！"

"啊！"小灰狐愈加愤怒了，"他竟然比我想象的还要可恶！真是暴君！"

"但是他的力量也非常强大，奉劝你，狐狸——"企鹅首领有气无力地好心提醒它，"不要和他作对了。"

"那怎么可以！狐狸林还等着太阳回去呢！"小灰狐急得不停地抓挠着笼门。

企鹅首领耸耸肩，自顾自地在一旁打起瞌睡来。

七

该死巫师的确有着惊人的法术。他作法将无数石块从很远的地方运到这里来，让企鹅们轮流搬进冰堡，把石头贴到太阳旁边。很快，太阳发出的炽热温度就把石头烧得通红，用冰块降温后，它们就变成了一块块闪闪发光的金子。

企鹅首领也顾不得肚子饿了，它趴在笼子的栏杆上，眼中闪着和该死巫师一模一样的贪婪之色。

"啊，要是那些金子都是我的该有多好！"

小灰狐厌恶地瞥它一眼。该死巫师得意地走过来："喏，今天我心情非常好，赏该死的你们两条鱼吧。"

企鹅首领喜出望外："多谢——多谢尊贵的国王！"

该死巫师听到这个称呼，鼻子都快要翘到天上去了。他笑眯眯地打开笼子，把企鹅首领放了出来："你这该死的会是个很忠心的部下的。"

企鹅首领唯唯诺诺地向他行礼，然后摇摇摆摆叼起鱼，跟着巫师离开了。临走时，巫师轻蔑地对小灰狐说："看到了吗？我就是这样对待与我为友的人的。该死的你最好识相点，知道吗？"

"大强盗！快把太阳还给我们！"小狐狸两只爪子攀住笼栏，冲他大喊大叫。这一下子激怒了巫师，他转身走回来，不假思索地抓起笼子，丢下了冰山。

"我倒是想看看，一只愚蠢的狐狸是怎么对付成群鲨鱼的！"该死巫师满脸阴霾地狠狠说道，盯着那沿着冰山不断下滑的笼子，直到它掉到海里。

"哇！"小灰狐被冲激上来的浪花一下子打倒，在笼子里滚来滚去，就是没办法平衡。最后，它好不容易站稳了脚跟。

真是奇怪。它一面清理着嘴中苦涩的海水，一面想，笼子怎么没有沉下去？

它往下面一看，才发现几只小企鹅正潜在笼子底下奋力托着它，并将它又放回了冰山的脚部。

"谢谢你们！"

"哦，没什么。毕竟我们都是太阳光辉照耀下的臣民！"

冰冻的山体非常滑，小灰狐用差不多冻僵的爪子紧紧抠住突起的"冰岩"，一点一点往上爬，有好多次它都差点滑下去掉到海里。可是，狐狸毕竟是狐狸，敏捷着呢，小灰狐终于喘着粗气爬到了冰山顶。

"该死的快点，把剩下的石头全部给我搬进来！"

该死巫师的呵斥声一直没有停过。小灰狐夹在一群做苦工的企鹅中间混进了冰堡，一眼就看到太阳在金莲花上愤怒得发抖，不断试图抖落身边的石头，却无济于事。而巫师似乎对它的窘状很开心，坐在一堆金子上数了起来，并吼起一支古怪的歌儿：

该死的，哈哈哈，

金子滚呀滚进仓，

一天到晚数不尽，

让我早日做国王！

八

趁他得意忘形之际，小灰狐迅速溜到了金莲花的后头。好几只企鹅看到了它，不过都没有吱声：这只狐狸是来和那可恶的巫师捣乱的，我们为什么要声张呢？

有一只企鹅甚至偷偷跑到小灰狐旁边，递给它一把冰冻的钢锉。

小灰狐感激地看了它一眼，费力地用嘴咬住冰钢锉，在铁环上来回摩擦。施了火咒的铁环被冰冷的攻击一点一点切裂了……

——吱吱吱！吱吱吱！

"该死的，我好像听到了奇怪的噪音！"巫师不笑了，开始凶狠地查看四周，"是谁在耍花样？"

"那是鲸鱼的歌声。"一只企鹅回答他。于是巫师继续数他的金子。

——吱吱吱！吱吱吱！

"不，不是鲸鱼的歌声，你这该死的愚蠢企鹅！它太难听了！"巫师又停了下来，气呼呼地说。

"噢，也许不是吧。"另一只企鹅回答，"应该是附近小岛上有人类用电锯在伐木。"

巫师哼了一声，抓起另一块金子。

——吱……锵！

这下，巫师跳了起来："该死的，周围全是冰川，根本长不出树来！"

而一直在他身旁帮他数金子的企鹅首领也虎视眈眈地盯着自己的属下，好像在找有没有叛徒。突然，它看到金莲花正在他们身后缓缓升起，惊叫道："陛下，陛下！太阳要逃跑了！"

该死巫师猛地转头看去。此时，金莲花正飞越企鹅们的头顶，飞向堡口，而小灰狐却被暴露在原地，身边是一柄锉子和断成两截的铁环。

"——你！"巫师怒不可遏地指着它，"竟然坏了我的好事——该死的！"

小灰狐咽了一口口水，感觉自己快要站不住了——这该死巫师的气势好可怕！

但是巫师顾不得惩罚它。金莲花一离开冰堡，太阳的束缚也自动解除了。他急急忙忙，掏出黑钵，开始念一长串咒语，准备把太阳再次收回来。

不好！来不及多想，小灰狐飞身向前，一下子撞到了巫师的胳膊。他惊叫一声，中断念咒，黑钵从手中滑脱了，掉出冰堡的窗口，直接沉入了冰冷汹涌的汪洋。

巫师的脸膛被怒火熏烧得通红。他张开手，将小灰狐桎梏于钳子一般的虎口中，"咔、咔"，越收越紧！

咔，咔，咔咔！

小灰狐忍着肋骨的疼痛，试图挣脱巫师的手掌，但是他的力气大极了，它根本无法反抗。这时，企鹅们一拥而上，拉手的拉手，拽脚的拽脚，连脑袋上也坐了两只，巫师被"砰"地压倒在地。

"太谢谢你们了！"小灰狐跳出包围圈，立刻拽过来角落里的一条铁链，与企鹅们一起将巫师牢牢实实地捆了起来。小灰狐来不及向热情的企鹅们道别，急急忙忙跑出冰堡寻找太阳，唯恐太阳撇下它独个儿回了狐狸林。

太阳还在空中耐心地等候，小灰狐心中大大松了口气。

见小灰狐出来，太阳友善地降低了点儿高度，金莲花弯弓般的蒂部忽地伸到了小灰狐的面前。它很快会意，攀到花蒂上，紧紧稳住自己。金莲花驭风而行，不一会儿便回到了狐狸林的大峭壁那里。

幸好，裂口还在，小灰狐急匆匆地与太阳一同赶往聚会场地。

九

刚刚跑进松林，小灰狐就发现了躲在场地外面，一脸晦气的哥哥。它一见弟弟身后的太阳，大喜过望，恭恭敬敬鞠了个躬，然后立刻回身斥责小灰狐："你的动作太慢了，怎么现在才把太阳找回来！"

小灰狐吐吐舌头，累得话也说不出来了。

场地里早已聚集了一团团金黄的火焰。它们在焦急地等候着，议论着，不知道为什么聚会已经开始了两个小时，太阳还没有到来。有些狐狸按捺不住，甩甩尾巴准备走了。

突然，场地边缘爆发了一片喜悦的呼声，所有金狐的目光都向场地入口看去。

小灰狐的哥哥骄傲地将太阳领进了场地。

太阳以高贵的仪态飘上树丛家族为它准备好的落叶台，静默片刻，阳光缓缓地散射了出来，在空地上形成了一个大而亮的金色光晕。金狐狸们一声呼哨，按照年龄大小在落叶台周围围成了一圈圈同心圆，外圈的狐狸费尽心思地伸着脑袋，希望能得到多一点的金光。

而如往常一样，小灰狐照样被它高傲的兄弟姐妹们挤到了最后一圈。由于在冰冷的海水中受了寒，它的身体一阵阵发冷，于是它干脆缩到树根那里，将疲惫的爪子搁在软绵绵的落叶之中，沉沉地睡着了。

"嘿，你们看！"小灰狐哥哥突然诧异地仰起头看着太阳。只见一束金子一样的阳光直直地射出，笼罩在暗处小灰狐的身上。

它并没有醒来，因此也无法知道它的兄弟们是多么惊讶。——在这束最纯净的阳光中，它的灰色完全褪去，露出如金丝一样亮丽的皮毛！直到阳光消失，它美丽的金毛仿佛还像太阳一样闪烁着光芒。大约是感受到了前所未有的温暖，小灰狐在梦中抽抽鼻子，嘴角露出了可爱满足的笑容。

金狐狸们一个个全愣住了，呆呆地看着熟睡中的小灰狐——不，现在应该叫作小金狐了，心里羡慕极了。

"噢，该死的。"它的哥哥生气地说。

嘘！不要打扰它了，等到明天早上，再让幸运的小金狐为这份意外的礼物尽情欢呼吧！

精灵们的旅程

李紫璇

在山东省滨州市的最南端，有一个美丽的小城市——邹平。美丽的邹平，引来了一些天外的小精灵。

贪玩精灵的旅程

有一天，贪玩精灵在"贪玩王国"待腻了，决定出来走走。他乘着"贪玩号"飞船在云彩上面飞，飞到一个城市上空的时候，贪玩精灵觉得这里不错，山清水秀，人烟密集，他就着陆了。他把"贪玩号"变小、隐形，然后装在了口袋里，开始了旅行。

他查阅了一下旅游宝典，知道了，原来这个美丽的城市叫邹平。

贪玩精灵根据他的"贪玩法宝"提供的旅游路线，一路来到了邹平的著名景点——国家级森林公园鹤伴山。

鹤伴山风景区占地7200公顷，森林覆盖率近90%，共有五条旅游线路，总长6000余米。整个景区空气清新，生态环境良好，地形复杂多变，沟谷曲折狭长，山、石、瀑、泉、云雾等景观众多，被誉为"鲁中生态明珠"。

贪玩精灵觉得鹤伴山不错，把他所看到的、听到的、感受到的都记录在了"贪玩手册"里，准备带回"贪玩王国"和他的亲友们分享。

但贪玩精灵觉得没玩够，所以又来到邹平的另一处风景区——人工湖。

人工湖位于邹平山南新区。天气暖和的时候，老老少少都会来这里，春天放放风筝，夏天捉捉小鱼，秋天看看风景，冬天打打太极。湖里的小鱼儿们嬉戏着，人们的心情也是那么愉快。贪玩精灵玩着玩着，忘记了时间，天渐渐地黑了他才发觉该回家了。可是，他发现夜幕下的人工湖更美丽，灯光辉映，倒映水中，如仙境一般，这更让他舍不得离开了。

几天来，贪玩精灵把邹平的旅游景点全都逛了个遍，最后决定不走了——这里这么好玩，干脆在这里住下得了。

购物精灵的旅程

购物精灵在"购物王国"买的衣服啊，鞋子啊，饰品啊都不够新潮。所以她乘着"购物号"寻找着新的购物场所。她看到邹平这里有许多高楼大厦，人们的穿着都十分潮流、时髦，便停下来，把她的"购物号"变成了类似购物卡的东西装在了钱包里，开始了她的购物之旅。

她来到了"银座"，看到了五个大字——"银座邹平店"，光是看着这座金光闪闪的大楼，就已迈不动脚步。再来到里面，不管是服装还是生活用具，都是那样让人称心如意，她看到每一样物品都想买，可惜她拿不了那么多，在人面前又不能把"购物号"显现出来。最后她决定不走了，在这里看个够！再说了，邹平的经济发展这么快，大型的购物广场还有很多呢，以后挨个逛吧！

贪吃精灵的旅程

贪吃精灵吃腻了"贪吃王国"的食物，听说邹平有好多特产，就来转转，准备带些回"贪吃王国"去。

一进邹平，她就看到一个简介：邹平山药，栽培始于唐代，距今有1300多年的历史，历来以高产、质优、营养价值高闻名，深受国内外客商欢迎，远销美国、加拿大、荷兰、东南亚、港澳等地。

看到邹平山药的简介，贪吃精灵想：哎！美国、加拿大、荷兰等地都能吃到美味的邹平山药，可我们那里怎么吃不到呢？另外还有杏、柿子、椿芽等邹平特产，还没来得及看呢！

"不走了，我要留在这里吃个够！"贪吃精灵自言自语地说。

爱学精灵的旅程

爱学精灵在"爱学王国"学得很枯燥，学习之余，到邹平来转转，看看邹平的教育事业。

近年来，邹平的教育事业是芝麻开花——节节高，每个学校都铺上了塑胶跑道，安上了多媒体教学系统，老师们上课再也不用辛辛苦苦地在黑板上写字了，只要轻轻一点，本来要写很长时间的板书就出现了。

每个学校都各有特色，有素质教育成为全国典型的，有艺术教育硕果累累的，有学风扎实闻名遐迩的。爱学精灵看中了这里素质教育搞得最好的一所学校，他办好了入学手续，要到这里来上学啦！

贪玩精灵、购物精灵、贪吃精灵、爱学精灵都在邹平安了家，后来他们成了邻居，都过着幸福的生活……

幻想之国的LOGO语言

若尘芊芊

在天上的幻想之国，曾经住着很多顶呱呱的小刺猬，不过，他们最爱干的事情就是成天睡大觉，不过，他们干起活来，可是很牛。如果不信，来看看吧。

"呼噜，呼噜。"听听，刺猬们又开始睡觉了，没办法。掌管天上规矩的是一位白胡子老头，天天东游西逛，没事儿就喝喝酒，聊聊天。有一天，他觉得无聊，发了指令：如果有人发明出新鲜事，我们会奖励它，一盘banana。这一下，刺猬们可疯了，天天问："你找到了吗？你找到了吗？"除了这句话，只有"yes或者no。"一只名叫美帝的刺猬，憋在家里，玩电脑游戏，把天上的掌管幻想之国的领导不当回事儿。第二天，微晴美术老师叫刺猬们画幻想国的水晶情紫花，小刺猬回到家一头雾水，它给萨拉打电话，才知道要画水晶情紫花，它十分苦恼，就去了仙灵花园，在喷水池旁边遇到了一个和它不是同一类的动物，他很好奇，走过去看了看，"呀"的一声，在整个幻想之国都传遍了小刺猬美帝的声音。掌管，秦赛爷爷从八千里以外急忙赶到这里，东看看西看看，找了半天也没看见一个人影，他蒙了，心想一定出事了，忧心忡忡地走了，刺猬醒了之后，一睁开眼，"哇呀呀！"一只大兔子慢慢悠悠大步大步走了过来，手里像有了魔法一样，拿这两个星星玩儿，两个突出的牙齿大笑着，两只脚踏在地面上"砰！砰！砰！砰！""哈哈，哈哈，小刺猬，别怕，我是一只很善良很善良的兔子，我没有恶意。"小刺猬心想：呵呵，你善良，鬼才信呢！如果你没有恶意，我就承认我有恶意。兔子很努力地讨好小刺猬美帝，但美帝始终不上当。兔子终于发威了，大吼："你这个小鬼，我说的话你到底听没听到，实话说了吧，我是黑星帝国的首长，我来的任务是寻找一个秘密武器，LOGO新技术，我命令你快点去寻找LOGO语言的所在地，不然，呵呵，你就别想活着离开黑暗帝国。"小刺猬被兔子吓住了，一下子站起来，拍拍屁股上的土，撒腿就跑，跑了半天，发现自己还在原地，低头一看自己在一个土坑下面，兔子用魔法把自己定住了。"呜呜，呜呜。"小刺猬在哭。兔子虚伪地说："可爱的小刺猬，只要你听话，你会得到报酬的。"从此，刺猬的路程开始了！

"嗨，青蛙。嗨，梅花鹿，嗨……嗨，海龟，你知道LOGO语言吗？"

"哈哈，你可问对人啦！那就是我'发明'的。"

"是吗？太好啦，能告诉我他的资料吗？"

"可以！告诉你：LOGO语言创始于1968年，是美国国家科学基金会所资助的一项专案研究，在麻省理工学院（MIT）的人工智能研究室完成。LOGO源自希腊文，原意即为思想，是由一名叫佩伯特的心理学家在从事儿童学习的研究中，发现一些与他的想法相反的教学方法，并在一个假日出外散步时，偶然间看到一个像海龟的机械装置触发灵感，于是利用他广博的知识及聪明的才智而最终完成了

LOGO语言的设计。

　　绘图是LOGO语言中最主要的功能，佩伯特博士就是希望能通过绘图的方式来培养学生学习电脑的兴趣和正确的学习观念。在以前的LOGO语言中有一个海龟，它有位置与指向两个重要参数，海龟按程序中的LOGO指令或用户的操作命令在屏幕上执行一定的动作，现在，图中的海龟由小三角形所替代。LOGO语言之所以是儿童学习计算机编程最好的一种语言，就因为它是针对儿童而制作的编程语言，能使儿童在认知与技能上得到较大的发展。LOGO语言具有较强的针对性，因为对于儿童来说，"画画"比"文字处理"更具有活力，充分发挥自己的想象进行创作，而文字处理却比较枯燥，不适合儿童。LOGO则主要用于"图画"制作，并且采用了"海龟绘图"的方式，适合儿童的特点，能充分引起他们的兴趣和学习该门语言的积极性，达到寓教于乐的目的。在LOGO语言中，它的作图方式与现在所用的作图软件不一样，主要区别就在于LOGO语言的基本作图的方法可以不采用坐标方式，而是通过向前、后退、向左转、向右转、回家等儿童易于理解的语言和命令，这非常适合儿童的知识水平，使这些还未接触坐标为何物的儿童更容易上手。在用LOGO语言作图时，需要学习者对一些常见的几何特性进行理解，了解常用的距离、角度和度数的概念。

　　"好了，就这么多，拜拜，我要走了。"

　　"再见！"

　　"兔子，我回来啦！你的东西！"

　　"谢了，你回家吧！我要的东西已经得到了。"它咬牙切齿地说。

　　回家以后，刺猬马上把实情告诉掌管，掌管派人把黑星帝国打得稀巴烂。最后，最佳科技创造人是属于小刺猬美帝的。一个完美的结局。

镜　子

钟　声

　　一只漂亮的孔雀偶然间获得了一面镜子，孔雀甭说有多高兴了，整天茶不思饭不想地围在镜子前转来转去。因为通过镜子它可以看到自己漂亮的羽毛，尤其是在自己开屏的时候。于是，孔雀整天什么都不做，只顾照镜子了。

　　顿时，孔雀有一面镜子的消息，在森林里慢慢传开了。

　　一只小麻雀趁孔雀不注意时偷走了镜子。因为它也想看一看自己是什么模样，是不是有孔雀开屏时的美丽，反正都是"雀"，相信与孔雀也相差不了多少！麻雀先到河里去洗了个澡，又请它的好朋友园丁鸟给它做了个造型。麻雀喜洋洋地来到镜子面前，一照，这才发现原来自己是那么瘦小、那么丑陋。麻雀暗暗发誓：从今以后我再也不照那破镜子了，让这破镜子见鬼去吧！它把镜子藏了起来，也把自己藏了起来——害怕别人看见自己的丑样子。

　　谁知，就在麻雀照镜子时居然被一只喜鹊给看见了，喜鹊心里暗笑：这么丑、这么瘦的东西还照镜子呢！后来喜鹊把镜子偷了过来。

喜鹊得到了镜子后高兴得无法形容，又蹦又跳。它也跟麻雀一样去河里洗了个澡，洗完澡之后它拿起镜子，心里暗暗想："鹊"与"雀"也差不了多少，既然麻雀不能与孔雀相比，我喜鹊还不行吗？想着想着，喜鹊拿起镜子一照，立刻惊叫了一声。它这才发现自己原来也不比麻雀漂亮多少嘛！尤其是自己那张扁而细长的嘴。从此以后它再也不去照镜子了，而且还把自己的嘴用布给包了起来，只有在吃东西的时候才把布给打开，当然镜子也被喜鹊用布给包了起来。

　　在某一天的夜里，镜子和布悄悄地聊了起来。

　　镜子说："布哥哥，你把我盖起来我怎么照东西啊？你让开行吗？"

　　布说："我也没办法啊！美丽的东西照了你以后迷失了自己，丑陋的东西照了你以后也迷失了自己。如果我把你包起来就不会这样了啊。"

　　镜子说："这也不能全怪我呀！无论它是美丽还是丑陋，我只是如实地照出来，错的应该是照镜子的人啊！"

香樟的心愿

严园晓

"吹面不寒杨柳风"，万物复苏的季节，一颗小小的种子随风翩然而来，化作一株幼苗，长在荒芜的角落里，旁边是一棵白杨和大片的一串红，那便是我——小香樟。

小时候的我有一个宏大的志愿，希望这个世界都能充满绿意。但是白杨和一串红都嘲笑我。

"我的小香樟，瞧你这瘦骨嶙峋的样子，有什么能耐来改变这个铁定的事实？"

"有什么不可以，世上没有改变不了的事。"我理直气壮。

"这些全是上天安排的。"白杨说着，指了指那蔚蓝的天空。"是上天！"他再次强调。

"但是我相信'人定胜天'，我们树也一样可以！"我抬起头，深邃的目光穿透长空。

"你想胜天？哈哈……就瞧你那模样，真是笑话。"

白杨和一串红的嘲笑，并没有动摇我的信念。

夏天来临，大片大片的一串红开得娇艳夺目，红得醉人心扉、惊心动魄，朵朵都盛满了香甜的气息，吸引了无数蜜蜂和蝴蝶，那些蜂儿蝶儿皆陶醉其中。

这时，一串红高傲地对我说："你看，我长得多么娇艳，蜜蜂和蝴蝶都来朝拜，称我是百花之王不为过吧？"

白杨说："瞧，我多壮，笔直的躯干，挺拔的身姿；再说，我的木质特别好，可以为工业提供大量的原料，做家具我可是最棒的。小香樟，你还是安分一点吧！"

我并没有理会白杨和一串红的自我炫耀，我没有多余的时间去炫耀，我要不停地生长，为了我心中的理想。

夏去秋来，白杨树的叶子漫天飞舞，一串红也已凋零，但他们并不以为然，因为这是自然法则，至少他们是这样认为的。

冬天来临，鹅毛般的大雪从空中飘下来，覆盖了整个世界，银装素裹，大地变得非常纯净。

白杨和一串红开始沉睡。然而，我并没有在这寒冷的冬天里屈服，我挺直了腰板，不停地生长着。因为我知道，生命的长跑不容我停歇，万籁俱寂的冬天正是我储存能量、尽情生长的好机会。我可以忍受寂寞与孤独，因为我必须参天，为了我心中的理想，我不能停滞不前。

我终于战胜了冰雪，我长成了大树，屹立于蓝天之下。粗壮的枝干，繁茂的枝叶，充满了生机。白杨和一串红之间的小树不见了，遮天蔽日的绿荫，让从沉睡中醒来的白杨大吃一惊。

"你是谁？从哪儿来？"

"你不认识我了吗？"

"天哪，你什么时候变这么强壮了？"

"这都是我的理想激励了我。为了实现这个目标，我可以不断地生长，甚至付出更大的代价。"

以后的几十年里，我不断地散播种子，培育后代。当我白发苍苍的时候，这里已经是一个绿意苍翠、浓荫四溅、枝繁叶茂的世界。

月光下，
一只孤独的老虎

王 瑞

一

月已初升。

我躲在悬崖下幽深的低谷，月夜特有的阴影在这里无限扩张，起伏的丘陵像暗涌的潮水，狂劲的山风在林间发出一阵阵怪响。

这几天，外边的人们一直在寻找着我的同类。尽管我饥肠辘辘，却也不敢离开这山谷半步。

我仍记得妈妈被害时的情景。

那天，妈妈在树林里寻找食物，遇到了一群只有两只脚却无比厉害的人。本来妈妈可以躲起来的，可是，树林已被他们砍掉了一大半，妈妈没有藏身之处；而且，他们有枪，每个人都有。妈妈斗得过他们，却斗不过他们手上的枪。他们七手八脚地把妈妈抬走了，只留下一摊殷红的鲜血。

我不知道他们为什么要杀害我们，我只记得妈妈曾经对我说，我们的皮可以卖很多很多的钱。那时我还小，并不太理解妈妈说的话是什么意思。留给我印象最深的是，妈妈没有再说话，只是黯然地摇了摇头——眼里尽是晶莹的泪水，饱含着无限的怨意、哀伤与愤慨。我不曾见妈妈流眼泪——那是唯一的一次。

二

今晚的月光是如此皎洁，世间的一切似乎都笼罩在这雾般的银辉中，除了风，万物皆无声息。亿万年了，月仿佛是匆匆时光中永恒的行者，万古的风尘淹没不了她的圣洁，千秋的轮回也改变不了她的模样。

一阵秋风迎面吹来，拂起我心中的寒意。

好冷！

我仿佛觉得世界上只有我一只老虎。

依稀记得，三百多万年前，我的祖爷爷们来到西伯利亚和中国的东北地区生存繁殖。后来向西、向南扩迁，从土耳其东部至整个南亚及苏门答腊岛，从爪哇岛到巴厘岛，都有我们的足迹。

我们呼啸山林，威风八面，山中百兽皆俯首称臣。

可是后来，那些拿石器木棒、张弓搭箭、驰马驱狗的人，据说吃了一种叫"工业"的神药，竟长成一个个力大无比的巨人。他们有枪，他们会挖陷阱，他们还会撒毒药，这毒药不仅可以使我们一命呜呼，还可以融进水里、草里，让我们慢慢中毒。自我来到这世界上，我就不曾见过爪哇虎和巴厘虎这两位祖爷爷的后代。妈妈告诉我说，早在几年前，它们就被无情的人类杀尽了。

呜呜……

我不敢再想了。

三

我坐了起来，正正身子，抬头遥望着天边的圆月。

这是妈妈教的。她说，我们是勇猛的象征。即使是濒临死亡，我们也总是睁着眼睛威风凛凛地死去。

我想我就要死了，因为在这座山里已经找不到小动物了，我饿极了！

我仿佛听到了妈妈的呼唤，幽怨而悠长。

四

清风如水，明月如霜。

清冷的广寒宫溅下一滴苦涩的酒，落在翠绿的小草上，化作一滴滴晶莹的泪珠……

第六部分

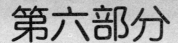

望着繁茂的枝叶

　　15岁了，我已成为花季少年，小巷的事、小巷的情始终深深地烙在我的脑海里。这年暑假，我再次回到了小巷，抚摸着那古老的灰墙，踏着这留下了我无数足迹的地方，我仿佛找到了一个温馨的港湾，只有小巷才能读懂我的心思……

　　　　　　　　　　——唐婧 《小巷情结》

绿叶对根的情意

陈翠珊

　　我是你的一片绿叶，我的根在你的土地上。家乡，我曾经在你怀抱中度过幸福的童年。

　　风吹拂着那片绿油油的田野。它们被勤劳的太阳晒着，身上像是打了蜡，焕发着生命的光芒。地里有几头老黄牛正在田里悠闲地走着。偶尔会看到牧牛的人拿着鞭子往牛的身上抽打几下，似乎在告诉老黄牛："不要偷懒，知道吗？"田野旁，有一个大池塘，农民会从这里取水，为田里那些绿色的小精灵浇灌。偶尔会迎面吹过一阵阵微风，轻轻拂过脸颊，犹如夏日里的清泉，沁人心脾。村口旁有一棵大榕树，它拥有魁梧的身材，茂密的绿叶，垂挂着长长的胡须，显得那么飘逸，那么飒爽英姿。几个调皮的孩子，玩累了，便跑到大榕树下的石凳上休息。树梢上还有几只小鸟在叽叽喳喳唱着歌儿呢！有时还会飞下来跳上几支舞蹈，真是会逗人开心的小家伙。我在这片宁静而又美丽的土地上快乐地成长着。故乡赐予我的记忆没有因岁月的增多而变得模糊，而是愈加美丽。

　　家乡的夏天，来得那么热烈而明显。亚热带的阳光把地面晒得滚烫。这时候，大榕树就是人们乘凉的好地方。大榕树毫不吝啬地张开有力的双臂，像撑起一把天然的巨伞，为人们阻挡酷热，撒下阴凉。池塘里的荷花早就按捺不住，在池面上争奇斗艳。真是一幅"接天莲叶无穷碧，映日荷花别样红"的夏日图。到了晚上，一群调皮的青蛙早就登上"荷花台"高歌一曲，为这宁静的夏夜演奏悦耳的篇章。那些辛苦了一天的村民，终于有时间可以休息一下。他们搬出椅子在大榕树下闲聊着。有些老奶奶和孙儿则在空地上纳凉，手里还摇着一把大葵扇。我也曾趴在奶奶的腿上，在数着天上的星星。奶奶拿着扇子为我赶走蚊子。我的嘴里还哼着："一闪一闪亮晶晶，满天都是小星星……"香甜地进入梦乡。

秋天是成熟的象征，能给人们带来丰收的喜悦。田野里的稻子都熟了，黄澄澄的，仿佛一块块摊开的金箔。人们也忙着收获这一季的喜悦，脸上挂满了笑容。黄昏时候，忙完的人们便聚在大榕树下聊着，一起分享这收获的快乐。一阵阵笑声传到很远很远的地方。渐渐地从屋子里飘来一阵阵香味，人们也纷纷回家吃饭。人渐渐稀少，只剩下大榕树。风一吹动，树上枯黄的树叶簌簌落下。我拾去一片，放在手心，想起了生命，大树是它的根，而如今却要离开他生长的根，犹如我一样。我把记忆都留在这里，记忆的故事也像这榕树的叶子一样多。傍晚，夕阳的余晖洒落在树下的古屋，望着余光映衬下古屋的倩影，记忆便安详地坐落在这庭院里。

冬天悄悄地来了，虽然有绿树，但却不再那么风韵犹存。大榕树叶子似乎有些寂寞，单调。人们的户外活动也逐渐减少，池塘里的水也跟着人们清冷了。风开始大胆起来，刮起来便"呼呼"作响，吹得池水冷得抖起来，泛起阵阵涟漪。这时候，我便问奶奶："为什么大榕树不会怕冷，为什么没人帮他穿衣服呢？"奶奶便会摸摸我的头，笑着说："傻孩子，榕树不会怕冷，因为它有强壮的身躯呀！你想像它一样不怕冷，一样的强壮吗？那你就要吃多点饭，身体才会强壮，知道吗？"那时我便会很听话，每次都吃很多饭，这样身体才会强壮。

春姑娘带着"细雨润草绿，微风沁花香"的礼物回到村庄。大地上的小草钻出地面，铺成一张黄绿色的地毯。烂漫的春花，啁啾的小鸟，透露春的灵秀，春的气息。人们早已把播种的工作准备好了，朝阳的光芒照在他们微笑的面容上。他们带着希望出发，在田野里撒下了一粒粒生命的种子。村口处的大榕树也变得热闹起来，男人到田里干活，女人则在大榕树下祈祷，希望今年会是一个丰收年。春天，带着人们的希望，孕育着一个希冀。

昔日健壮的奶奶老了，昔日青春的榕树也开始老了，那些曾在榕树下玩耍的孩子也长大了。虽然一切都在改变，但生命的根却越扎越深。

每一个生灵都有着它的根，都有牵引着他的一根线，流淌着人间最美丽的情感。故乡，承载着我们的梦，我们的回忆，我们的生命。"不要问我到哪里去，我的心永远依着你；不要问我到哪里去，我的情永远牵着你；不要问我到哪里去，我的思想永远伴着你。"

因为我是你的一片绿叶，你是我生命的根。

望着它们繁茂的枝叶

丁焱辉

　　山脚下，静静地屹立着一片枫树林。

　　我几乎是在不经意间发现这片枫林的。它们在校道的转角缓缓地铺展开，那么不惹眼却又能在出现的瞬间给人以惊喜。因为谁都不会想到，在这样一座松林密布的山脚下，居然还能出现如此异类般的枫林，实在是一种极为不谐调的搭配。

　　这片枫树林是需要与外界隔离开来欣赏的。置身林中，你得想象：世界上只有这一片枫树叶和你脚下的枫叶，连风也消逝了。这枫树便如同一位位耄耋老人立在了你的周围。因为这树，是那么苍老，时间使它们变得粗壮，以至于遮天蔽日了。但时间也使它们饱经风霜，它们的躯干上长出了一个个树瘤，凹凸起伏，如老人的脸庞，沟沟壑壑，白色的斑纹星星点点，不免使人感叹时间居然能有如此不可阻挡的力量。

　　回到现实。每一棵树都是枝繁叶茂，在这样的山脚下，每一棵树的内心都暗藏着一股劲儿：我要长得更高，我要长出更多的叶子！因为这样便意味着能得到更多的阳光，阳光便意味着生命。虽然它们都是如此苍老，但岁月并未侵蚀掉它们那颗生机勃发的心。因为它们懂得：年龄不算什么，态度决定一切！它们也懂得：阳光是要分享的，谁都不能独自享受。所以，每棵树都几乎长得齐高，每一棵树都枝繁叶茂，每棵树都充分利用着哪怕是一丁点儿的空间，却又不挤占他人。因而它们活得快乐，自在，这便是枫树的生活态度。

这枫树又仿佛是一群隐士，远离尘世的喧嚣。它们吸收着山泉，饮着甘露，闲看四季交替，日升日落。面对风吹，他们从容，面对雨雪，他们淡定。这便是枫树的品格。

故乡的老街，两旁也种着枫树，它们大多叶黄而且矮小，有的已被虫蛀成了空空的树干。它们没有山脚那些枫树的高大，也没有半点山脚枫树的活气，就像是病入膏肓的老者，倚在老街的两旁，等待着死亡的号角。这些树，之前它们的生活是安逸的，安逸得让它们失去了生机勃勃的心。它们的天地是广阔的，没有树与它们争抢阳光、养料。所以它们不需要长得如此之高，太多的树叶也会成为一种拖累。而且它们沾染了太多尘世的喧嚣，它们已被这喧嚣侵蚀得羸弱不堪，它们已经不起岁月的再次洗礼。它们的命运是已经注定了的。

默默地注视着这些树，望着它们那繁茂的枝叶，看着它们深扎的根，蓦地，我问自己：我是否也应该脚踏实地，静下自己浮躁的内心，开始寻找自己的人生目标呢？

黄　昏

吴姗姗

　　我很喜欢黄昏，不长不短，却让人十分回味，几乎每日都在同一时分降临，悄悄来到我们身边。黄昏少去了阳光的照耀，给我们带来了一阵清凉之感。

　　如今时分，时间已定格在了黄昏。

　　我放下手中的笔，来到阳台上，做了一次深呼吸。再放眼一看，夕阳只剩下了半边脸，消去了正午时的灿烂与耀眼。天边的颜色真是复杂极了——先为浅黄，之中掺杂着淡蓝，混合在一起，想必你们认为混合后是绿色吧？可不是呢，奇妙的是，竟然变成了紫色，很淡很淡，不仔细观察真得无法看出，美丽极了，令人颇感心旷神怡。这约是临近五点之时的黄昏，紫色的天空，变得如此宁静。紧接着，天空中的彩云飘动着，缓缓移来。霎时，天边的颜色也随着云彩的飘动不知不觉改变了，这定是太阳拉出的一线长长的光。天上的蔚蓝已逐渐隐退，被这殷红给覆盖了去，天上掠过鸟儿，打破了寂静。

　　我又想起萧红的《火烧云》，也是描写黄昏，描写黄昏的云，洋洋洒洒，颇感恍恍惚惚，仿佛真的置身于此。如今，我真正感受到了黄昏时刻的美。

我下楼下瞎逛悠。见摆摊卖茶的人都已经匆匆在收摊了，动作娴熟极了。他们互相之间有说有笑，仿佛是在述说着一日做生意的喜悦，更仿佛在是谈论今晚的晚餐应该是多么多么的丰盛、可口。不过一会，他们就收拾完了，伴着夕阳射出的最后一缕光走回家去。

我还看到，许多邻居老人在悠闲地散步，有的一个人走走停停，感受着黄昏的美好；有的与老伴一同行走，多了个伴儿，就多了一份情趣；还有的成群结队，上十个老人一同漫步在小道上，似乎在举行集体活动，看上去又有点像是在徒步旅行……总而言之，在黄昏时候散步，少不了"休闲、乐趣"这俩词，更令他们感到舒适的是，路边时常会传来不知从哪里冒出的悠闲的轻音乐，他们随着这音乐，步伐也渐渐变得有规有律；或者说，我认为在黄昏时候，吃饱了饭，出来走走，呼吸一下户外黄昏的空气，胜过在晚上出来，黑乎乎的一片，伸手不见五指，你们认为呢？

老人们的确十分的悠闲，然而上班一族也渐渐开始休息了。大道上可比小道上热闹多了，路上车水马龙，呈现出五颜六色的车子，仿佛一个"多姿多彩"的海洋！黄昏时候，当然也是所谓的下班的高峰期。我想，路上虽然堵塞不堪，但是这并未影响到他们那急于回到家的好心情，并未影响到他们即将好好休息一番的好心情，也并未影响到他们马上要见到家人的好心情。他们开着车，伴着黄昏的脚步回家，伴着落日的余晖回家，伴着"夕阳无限好，只是近黄昏"回家。工作了一天，感受到这充满奥妙的时刻——仿佛没有了分界，不是白天，却亦不是黑夜，这是何等的惬意啊！

黄昏结束了，一分一秒地向人们告别，来也匆匆，去也匆匆，不曾留一丝痕迹。

天暗下来了，城市被霓虹灯笼罩，流光溢彩。大家都在迎接着黄昏之后的夜……

老城

奚辰

　　过了三江桥，就是西坝，一股陈旧的气息扑面而来。看惯了整齐干净、绿树红花的小区，突然看着十年前的古老街道，眼睛有一种被刺痛的感觉。灰色的四层水泥楼房、突兀伸出的小阳台和四面疯长的树木一下子涌入我的眼睛里，显得陈旧而不古老，错乱的交织竟生出了平日里少有的温馨。

　　西坝的街道不多，有许多小小的巷子。巷子两旁是很矮的灰色楼房，没有刷白灰的水泥像是裸露在阳光下的肌肤，粗犷却又带着几分羞涩。墙脚处有许多用粉笔写得歪歪扭扭的字迹，像是老屋满地飞跑的顽皮儿孙。巷子的两边有很高的树，不是一排排的，有时路的中央会冷不丁地冒出一棵，脚边又不小心蹿出一株，不像市区里成排整齐的绿化区。

　　西坝是随心所欲的。

　　在西坝里行走就像是在回忆里，到处弥漫着不真实的陈旧，如同穿越时空回到过去。这种陈旧是时光磨砺出的，就像那些藏在江南的小小水乡老城。不同的是，江南的老城是用碧波浸出的温柔，而西坝却有着长江一般的粗糙。它不属于绵绵细雨，陪伴它的只有漫天强烈的阳光。

西坝是被时间遗忘的。这里没有匆匆而行的人群，空旷的烈日下，偶尔有拿着蒲扇、穿着宽松布褂闲聊的老人，和睡眼惺忪的中年妇女在路旁水沟边刷牙……让人不由自主地放慢脚步，融入那慵懒的生活。

西坝是属于木笛的。浑厚的笛声，悠长的音调，华丽的琴音，像是在述说冗长的往事。

慵懒，温婉，闲适，这就是西坝，但非我所追求。

小巷情结

唐　婧

巷子还是那条巷子，人还是这个人。

——题记

4岁那年，因为父母工作忙，我被送到了乡下奶奶家。奶奶家门前是一条小巷——两边矗立着高高的古老的青砖墙，由于长年的风雨侵蚀，早已斑驳，呈现出灰暗的颜色。这是记忆中第一次见到的小巷。

刚到奶奶家，虽人生地不熟，但好动的我可不会一个人乖乖地待在家中，趁大人们一不留神，便独自钻进了神秘的小巷中。看到有人骑着自行车拐进了小巷，我就开心；听着车子在青石板上压过的响声，我会用清澈的目光注视着他，直到人和车消失在小巷深处；我也会用路边残留的砖瓦在墙壁上完成自己的"杰作"，然后拖着奶奶的臂膀请她来"鉴赏"，直至听到赞扬声为止；小巷青砖墙砖缝间长满了毛茸茸的青苔，我会小心地把它们挖出来，然后晾在阳台上，为我与小伙伴们玩"过家家"提供了极好的资源。

　　6岁了。我被奶奶送到了小巷尽头的那所小学里。虽然我比小伙伴们小1岁，但天生好学的我还是被老师视为"掌上明珠"。从那以后，每天我都早早地起来，然后背着书包从幽静的小巷走过，此刻的小巷犹如一位温和的大姐姐，提醒我：婧婧，上学可不能调皮，要听老师的话。傍晚，放学回来，轻松地穿过小巷，此时的小巷又仿佛是一位慈祥的老人，教诲我：婧婧，作业要认真完成，可马虎不得哦！

　　可是，只上了一学期之后，我就被父母接走了。从此，我告别了那幽静的小巷。直到——

　　10岁那年暑假，我怀着思念的心情回到了奶奶家。奶奶热情地招待了我，我又想起了门前的那条小巷。小巷依旧，还是那么亲切，那灰色的墙壁上仍依稀可见我幼年的"杰作"。

　　和我一同回来过暑假的还有表哥小宇，他比我大5岁，骑自行车的技术棒极了。羡慕之余，我顿生向表哥学骑车的念头。于是，在小巷里，又多了一份跌倒了再爬起来骑车的回忆。

　　我怯怯地坐上车，表哥托着车座，扶着车把，即便这样，我还是不断地摔跤，摔得全身疼痛，几乎想要弃车而逃。但耳边又仿佛听到小巷在为我鼓劲，祝我成功。我一次次咬紧牙关，跌倒了再爬上车。功夫不负有心人，我终于在小巷里学会了骑车。

　　15岁了，我已成为花季少年，小巷的事、小巷的情始终深深地烙在我的脑海里。这年暑假，我再次回到了小巷，抚摸着那古老的灰墙，踏着这留下了我无数足迹的地方，我仿佛找到了一个温馨的港湾，只有小巷才能读懂我的心思……

　　我爱那幽深、静谧的小巷！